森林中有许多酒

神农架
山居笔记

古清生——著

山东文艺出版社

图书在版编目（CIP）数据

森林中有许多酒 / 古清生著 . —济南: 山东文艺出版社,
2023.1

ISBN 978-7-5329-6543-4

Ⅰ. ①森… Ⅱ. ①古… Ⅲ. ①散文集—中国—当代
Ⅳ. ① I267

中国版本图书馆 CIP 数据核字（2022）第 003857 号

森林中有许多酒
SENLIN ZHONG YOU XUDUO JIU

古清生　著

主管单位	山东出版传媒股份有限公司	
出版发行	山东文艺出版社	
社　　址	山东省济南市英雄山路 189 号	
邮　　编	250002	
网　　址	www.sdwypress.com	

读者服务	0531-82098776（总编室）
	0531-82098775（市场营销部）
电子邮箱	sdwy@sdpress.com.cn

印　　刷	山东临沂新华印刷物流集团有限责任公司
开　　本	890 毫米 ×1240 毫米　1 / 32
印　　张	7.5
字　　数	160 千
版　　次	2023 年 1 月第 1 版
印　　次	2023 年 1 月第 1 次印刷
书　　号	ISBN 978-7-5329-6543-4
定　　价	49.00 元

生态链完整的原始森林山村，

溪流潺潺，鸟语花香，野兽鸣叫。

我感觉，这才是可以生产文字的地方。

扇脉杓兰

▲ 这一片缓坡茶树成行，左边悬崖。右边深切的沟。横卧的巨石下一个天然洞穴住着两只小鹿。巨石以下，扇脉杓兰打开花朵。

五脉绿绒蒿

▲ 五脉绿绒蒿是属于垭口的花。凡这样的地方，高寒，土壤贫瘠，风大雪深。植物对环境的选择，不是人可以理解的，此便是境界。

银露梅

▲ 在爬满苔藓的岩石旁，银露梅枝丫虬曲，坚韧有力，花繁叶茂，一棵树的形态，已被它的基因锁定。

油点草

▲ 油点草的花到夏天才开，现在它的嫩叶被我关注。每年都吃油点草的嫩叶。它有黄瓜的气息。

峨眉蔷薇

▲ 峨眉蔷薇的果实甚美。尤其在夏天，红亮的果实落在溪流里，清清的水流沁润，红宝石般。沿着溪走，明媚的阳光下，犹如走在宝石泉边。

桦叶荚蒾

▲ 喜欢上了一束荚蒾，因此喜欢上了
冬雪。我喜欢冬天神农架的果子，一抹红艳，
美丽了梦。

麂

▲ 麂子和其他草食动物，冬天喜欢待在灌木林里。茶树恰好是灌木，可供它们藏身。不过，每到冬天，茶园种的春兰、春剑就遭殃了，它们会被麂子齐腰吃了。

岩松鼠

▲ 雪化了，岩松鼠们出来嬉戏追逐。去年种了许多玉米给它们吃，今年没有了。要去买玉米。给它们一点吃食，它们就朋友一样亲切。

北红尾鸲

▲ 各种鸟类都从高山下到谷地，向茶园聚集。静谧之晨，有只北红尾鸲在鸣叫，冬天快来了。

白鹡鸰

▲ 白鹡鸰叫。间有一只蝴蝶从空中飘过。柔凉的空气,草本植物开花。板栗树伸展枝丫,静默地立着。山柳树也立着。全部的森林立着。鸟的声音与蝶翅滑过阳光。

红嘴蓝鹊

▲ 红嘴蓝鹊的叫声，把人从梦里唤醒。嘿，鸟们，能不能不叫得那么早呢？

领雀嘴鹎

▲ 领雀嘴鹎开始啼叫。领雀嘴鹎
喜欢待在樟科植物上，有时候无端推测，
它吃的果子可能多于虫子。

序　在森林

　　有时候站在院子中央，白亮的阳光从天空砸下来，鸟雀啼鸣，细小的风翻动森林的树叶。我站着做白日梦，这是哪儿啊？我怎么活在这个地方？四面森林，东边山脚一条蜿蜒公路，西边山脚一条清澈的小河，南北断续有一些田地，生长玉米或者土豆。森林繁茂的树木仿佛从四个方向扑来，又如向四个方向逃走。

　　已经很久了，偶尔睡梦中行走在长安街，或者是乘坐北京的地下铁，还有时候梦见长江。我在神农架森林中遇到兽类，梦里会出现森林笔立和倒伏的大树、绞缠的藤类、长满苔藓的浑圆的岩石。

　　活在森林，听见风声雨声鸟雀声和昆虫声，

以及鸡鸣犬吠和河流的冲刷声。离世界很远。在葡萄藤爬满窗户的陋室写作，或登上茶山劳动。极其简单地活着。偶尔问下农友的收成，如果在路上遇见农友——我们不常相遇。

读点书吧，读得很慢，跟做学问无关了。我也不去想什么人生的价值。每天喂两次狗子，喂三次鸡子，间或喂一次鱼。

唯一让我感觉尚在人间的，是在厨房研习菜肴。种的菜少，山上的野生菜很多。今年发现了牛膝菊的食用价值，清炒下汤甚佳。艾根汤能祛湿，我将它做成了产品。洞藏柿子醋和土蜂蜜凉拌黑木耳，制作冷面，让我感觉回到凡间。

一天又一天，我肯定会老，从容地老，不愿焦虑地老。森林中的树木跟我一样，即便冬雪满枝头，白茫茫冻伤麂子的鸣叫，春光普照时迎风摇摆，又是一树青葱。

目录

森林中有首多酒

森林给我一个梦

睡到九点多钟太阳高照，出门去森林里转一圈。
森林的树叶挂着露水，晶莹透亮，被太阳照到的露珠
闪着金光。

　　很早就起来的红嘴蓝鹊，拖着长长的尾巴飞来飞去。
它像一个梦飞过，落在很高的板栗树上。

听 山

有的山让人绝望，近在眼前，却难上去，一种永世不可抵达的雄姿和距离。我站在念青唐古拉山脚下，产生了这种感觉。白雪的山体在阳光下闪耀圣洁的光芒，可以仰望，只能仰望。

念青唐古拉山的脚下，海拔已经有 5100 米，地名叫当雄。翻过垭口，来到纳木错的水边。从这里看，蓝天上一座念青唐古拉山，清水下一座念青唐古拉山。

转过身来，我去青海贵德拉脊山，它属日月山的支脉。这里一年有七场雨，所以海拔 3800 米的山坡上还种植着青稞。七场雨刚好卡在播种、发芽、出苗、壮苗、拔节、抽穗、灌浆的生长节点。

拉脊山给我以梦呢。拉脊山主体由寒武系中、上统和奥陶系火山岩系组成，厚达万米。藏族人认为，拉脊山是雄鹰不能飞越的地方。这里处于黄土高原与青藏高原的过渡带，放眼望去，群峰错落，山脊绵延。

峭崖式丹霞地貌，阳光倾泻，山体泛起神秘的光芒，如凝固的烈焰。又有靛青的山体，仿佛燃烧熄灭。赤红的山体，间有灰色和橙色条带。当地人告诉我，从前，天上有十颗太阳，后羿射日，射下九颗，其中一颗落在了贵德，埋在拉脊山厚土之下，所以山体被烧成赤红。后羿射日的故事像希腊神话，唐代成玄英注释《庄子·秋水》时，引用古本《山海经》："羿射九日，落为沃焦。"据说，《格萨尔王传》也诞生在这里。

黄河从拉西瓦峡下来，在贵德盆地转一个大弯，进入一片宽大的水域。河畔生芦苇和柳树，白鹤在水上翔集，鱼儿在水里穿梭，清亮的黄河水泛着粼粼银光。拉脊山脚盛开格桑花。一派江南水乡景色。

很久的时间里，贵德藏在我的心里。诗人昌耀和他的地质队在此勘探时，写作了组诗《林中试笛》——这组诗远远没有他后来的《慈航》有名。我因为曾在地质队，对于地质队员的诗歌有偏好，一度带着《昌耀诗选》走南闯北——那些时间已经随风飘去。

去贵德河西镇扎仓山沟，看著名的扎仓温泉。在地质学界，关于扎仓地热田的形成有许多讨论。它在断裂板块构成窗口，地表水下沉接近地幔，且有放射性元素衰变加热水源，出露地表的温泉水温高达 93 摄氏度。藏族同胞认为，洗扎仓温泉可以治筋骨之痛。

从扎仓山沟下面往上走，远远地看见一条热气腾起的雾带，果然有藏族女子在温泉裸浴。前面有人路过，他们好像熟视无睹，没有停住脚步。裸浴的藏族女子也当人都不存在，她好像在眺望远方扎仓山的山头。

森林中有许多酒

扎仓温泉的热水流动，腾起雾气。藏族女子在水中央，微风吹拂，揭起雾纱。她的头发编成辫子盘起，肩部呈棕釉色，线条优美柔润。一抹阳光映在乳房上，坚挺微翘的乳房饱满，泛起金属铜的光芒。风住雾起，她回到朦胧中。

朝温泉上游走，热泉从扎仓山沟的岩隙喷涌而出，一些男人拎着鸡蛋和玉米搁在泉水中煮。滚热的气浪腾腾。这是地心之泉么？走到一个土坡的坎下坐着，看那些人兴奋地剥鸡蛋吃。世界宁静，阳光弥漫赤红的光泽，溢升天空。

空气中传来噬噬的声音。天上没有动物，除了对面用泉水煮鸡蛋的人，再没人了，奇怪。俯身伏在地上听，噬噬声更清晰。这是地热在大地喷发？一定是。在有热泉的地方，水会有激越的活动。站起来，看到一截生锈的钢管，一端被一块圆钢板焊住，焊点锈蚀出一个洞，正噬噬地喷气。这是地球热的呼吸？

我再度俯下身去，倾听地音……

春天的时候，我在白台茶园剪枝。神农架高寒山区，茶园普遍实行春剪，三月下旬到四月初剪枝，五一前后萌发新芽。那天，太阳出来了，山上吹起小小的春风，暖融融。峡谷对面的山上，大片的落叶阔叶林的枝头，休眠芽渐渐打开，绽露微青浅紫的颜色。山桃花和樱花开放，一簇粉红一团洁白，春情萌动的样子。一霎间，好想扔下手中的剪茶机，到对面的山上俯身倾听。

我在神农架许多的地方听过山，官门山听得最多。官门山从前叫关门山，从外面进去要经过一线天，否则就得下河。有一段时间，喜欢在冬天有太阳的下午爬上栗树坡躺着看书，看累了睡一小觉。阳光像一只温柔的小手拂在脸上，十分舒服。因此，也顺便耳朵贴地听听大山。

后来，我跟中国猫盟合作，安置红外摄像头调查猫科动物，一共装了八台，四台拍照四台录像。问题来了，录下的视频里，出现了黑熊、野猪、麂子、獾、豹猫等等，还有些没有拍清，只是夜幕里两只绿幽幽的眼睛晃动。这是什么世界呀？再也不敢上山躺在林中睡觉了。

神农架位于秦巴山主峰带，有六座海拔高过3000米的山峰，神农顶为第一高峰。神农顶侧有一座金猴岭，古树参天，溪流潺潺，一直以为在那里能遇到奇迹——久居森林之中，总希望有那么一两个地方有奇迹。我在大龙潭考察金丝猴的时候，听人说在金猴岭遇到一只没有左掌的熊，背起相机就去找熊。

没有找到那只失去左掌的熊。我一个人向上爬，过了上面的小天池，再向上走，躺在山脊上，听山。在这里听到了山体的脉动，听到神农架山体的脉动。忽然产生大欢喜，有谁在金猴岭上听过山？与俯身扎仓山沟听山大不相同，金猴岭的岩下，流淌着清新的泉音，通过岩石传导，如高山琴音。

从此，我怀念那只失去左掌的熊，是它引领我来到金猴岭听山。

雪

一

雪花悄然地降落,数不尽的雪花从灰白色的空中垂直降落。天幕如同一个装满棉花的大布袋,盛装不下时,棉花倾泻下来。院子的地坪从深灰到浅白,渐渐洁白一片。鸟儿都归隐了,唯有一只北红尾鸲在蔷薇枝上跳跃,抖动翅膀,亮出翅下橙色绒毛中的一小片白。

静静看着天空。我的冬天,我的神农架森林。这样的降雪如果持续十天十夜,一定能将所有的峡谷填平——一个纯净的冰雪世界。大自然给每一个季节换装,春天嫩黄,夏天深绿,秋天五彩斑斓,冬天洁白,周而复始。

人在季节的循环中,能够看清多少地表的事物呢?三峡大学陈发菊教授说,百万分之一不到。我觉得自己知之更少,应该是千万分之一,或者万万分之一。也许还要少,我连自己也不了解。思想的山谷如此刻森林,一派白茫茫。

然而，我喜欢这样看雪。没有一丝儿风，寂静的峡谷也没有一丁点儿声音。雪花悄然地落。更远处，雪花挂在落尽叶子的枝丫，千树万树满枝花朵。那些常绿的杉树和松树白绿相间。我的茶山，一行行茶树，展示一行行有梯级的白。当世界铺上白色调的时候，我心安宁。

二

那一年，我从山西太原去往雁北——其时雁北已经改名朔州——空中突然飞起大雪。我只知道飞起大雪，却不知道它们从哪里飞来。它们乘着呼啸的北风喷射状扑来，像划过白色弹道的子弹，击在身上，一个个白点。不知道黄土高原上的山西，从哪里突然奔袭如此强劲的北风，被雪花击中的脸颊麻胀疼痛。人无法站立，无法面对，转身方能睁开眼睛。子弹般飞来的雪，那些白色的冰硬，也击中黄土高原大地，大地升腾团团白烟。

转一个大弯，去往管涔山，费此周章，仅是要看一眼汾河的源头。管涔山在宁武境内，我去汾河源的时候，脑海里呈现黄河源的扎曲、草原上的星宿海、缤纷花草中蓝汪汪的水流。到汾河源时，我被领到一个小铁皮屋，主人打开那把锈迹斑驳的铁锁。一片微突的石灰岩上有一个泉眼，滴滴答答地向外流水。嗬，这就是汾河源。

然后，再向管涔山上行驶，山巅竟是管涔山天池。它像我们神农架的大九湖，隐在神秘的高山顶上，黑鹳一类的水鸟贴着水面飞翔。它也叫马营海，据说唐朝时这里放牧七十万匹军马。十五个高山湖组成的天池，称瑶池，如蓝宝石镶在山群之上。这里才是真正的汾河源。向北，桑干河源。桑干河北流东转，流到海河。依稀记得，小时候课本里有《太阳照在桑干河上》的节选，或是评论，原来桑干河在此。

天池上北风收住脚步，雪花轻盈飘落。我向北站立，凝视水面微澜，几只嬉水的野鸭渐行渐远。我能走近管涔山天池，走不进它的历史，它是我贸然闯入的地方。寂静的管涔山天池，雪天的寒冷令我打了一个寒战。我从不惧冷，只是在此陌生地域感到刹那间的孤独，撕裂般的孤独。寒意非天候所致，它来自历史的遥远，或者深幽。

回宁武城，吃土豆粉条，感受芦芽山土豆粉条的美味，这是他们的主食。想到路途遇到一卡车一卡车运输五寨土豆粉条的景况，可惜未早知道五寨。又吃到芦芽山银盘蘑菇，傅山先生有《芦芽白银盘》一诗道："芦芽秋雨白银盘，香蕈天花腻齿寒。"银盘蘑菇为芦芽山山珍，因为医学家傅山先生诗荐，我留下深刻记忆。在太原时，每晨必吃傅山先生创作的"头脑"，它的全名为"头脑杂割清和元"，也称"八珍汤"，一道盛名流传的养生美食，惠及普罗大众。傅山先生与湖北蕲州顾景星有相同的经历，被康熙皇帝征召博学鸿词科考试，均称病不就。

三

神农架的雪花，温和宁静，可以轻轻地缀到枝丫之上，慢慢地把冬天铺陈。在灰色的天幕下，白线条勾勒出山脊，蜿蜒曲折。峡谷和山梁，白茫茫琼瑶仙境。唯刀劈般的悬崖现一片黑。

2019 年的冬天，初雪微弱短暂，给我以深刻记忆。那天从松柏镇驾车回村，沿着机场路盘旋而上，到百草冲时，道路两边的落叶松林落叶松笔立，枝上的叶子落尽，地上铺一层铁锈红，如同红地毯。此时前车窗忽然有无数小白虫飞来，感觉奇怪，早晨打过霜，什么地方飞出这么多冻不死的小白虫？开启雨刷，依然密一阵疏一阵，停住车，发现飞的是小雪花。可是，为什么有这么小的小雪花？小雪花也是雪，为什么不可以这么小？

朦胧的天际，森林萧瑟，冬天的序幕拉开，我内心知道自己在等待一场大雪。随后，大雪来了，间隔数天降落一次，森林受到洁净的洗礼。下午，我站在院子里观雪，雪花从空中旋转降落。当我面向西方时，近处的雪花向右飘落，远处的雪花向左飘落，以为幻觉；转过身来面向东方，近处的雪花向左飘落，远处的雪花向右飘落。参差绵延的森林，雪花组成巨大的旋转飞蝶群，悄然向下。地面积起白雪，屋瓦和树上渐白。此刻，天地也仿佛在旋转。

一个人的一生能经历多少场纯净白雪的洗礼？我不知道。心里只记下一些特殊场域的雪、冬初第一场雪和春初最末一场雪。其他的雪都在记忆中融化，那些未包含故事的雪，注定悄然地来，又悄然地走，永远都是一轮金阳为它们送别。

森林中有许多酒

夜的幽光

这几天，狗子在晚上频繁地叫，叫一阵歇一阵，普金叫得多，亨利叫得少，有时叫到三更。三更时分，鸡子啼鸣了，狗子休息，仿佛轮班。狗子叫得猛时，我起来用大手电筒照明，没有路人。没人，狗子为什么叫？山上有动物。

茶庄位于南北走向的峡谷当中，东西两边山近，东边山隔了一条公路，西边山隔了一条小河；南边的山大约相隔五百米至一千米；北边的山更远一点，有数公里，山后已是房县九道乡，为神农架西北边缘。南北两边断续有农户散落，还有村委会和小学，是红举村中人口最密集的地方。

茶山在东边山上，由陡坡至缓坡分布，能够获得较长的日照。总体的山势南高北低，南部山海拔高达 2600 米，再向南越过南北分割的野马河，便是海拔 3106.2 米的神农顶。所以，我这里的河都是北流水，蜿蜒汇入房县堵河，流往丹江口水库。

今年山洪少，只有三次，规模甚小，属于干旱年。核桃和板栗的产量低得可怜。植物依靠晚上的露水滋润——森林夜晚的露水顶得上一场小雨——夜幕退却，晨曦中的植物叶子湿漉漉的，鸟儿婉转的啼鸣也清凉湿润。

我确信这几天狗子叫，是因为来了动物，因为邻近山头的狗子没有叫，不像有的时候，狗子接力般整片森林都叫响起来。好奇心驱使，我决定要查清楚到底附近来了什么动物。一个下过一场小雨的夜，直觉告诉我西边山崖上有什么东西——这种直觉在夜里相当靠谱——抬手将灯光射去，一个幽幽发蓝的亮点赫然在崖上。

夜里被照见的动物，通常会向右上方逃离。右上方的坡势稍缓，动物向这个方向逃回茫茫林海。左边，是一片刀切似的悬崖。可是，它却向着左下方飘移。深沉的夜幕像不能承受幽幽发蓝的亮点。我用手机拍图传到微信群，朋友说可能是磷火。磷火随风飘，它可是贴着山崖向左下方走。

也许是野山羊，野山羊能够在绝壁上行走。

过了两天，狗子叫过之后，我去看水渠里的娃娃鱼，忽然感到东边的山崖上有什么东西在俯视院子。抬手照去，果然，在几棵杉树旁的绝壁上，有一个幽幽发蓝的亮点。这一次有准备，裤袋里装着激光发生器，不同于一般的激光笔，它的绿光能点燃三五米外的枯草。我常在夏夜躺在床上，用它照射从窗口飞进来落在天花板或墙上的虫子。鞘翅类的虫子必须跟踪长照，还须换一次电池才能用激光杀死。那些落在墙上的摇蚊，激光射到身上，一缕青烟飘落坠地。其实摇蚊不叮人，我喜欢它们，它们在水里产卵孵化的幼虫，都是鱼儿的美食。

左手搜出激光发生器，循着手电光照去（这个手电的说明书标明射程为五千米）。绿色的激光照过去，那个幽幽发蓝的亮点立即熄灭；关掉激光，又亮了。它应该是动物，灵魂应该不怕什么激光。这样攻防几次，那个幽幽发蓝的亮点转为金黄色。奇了，什么动物？普通狗子的眼睛晚上照着发绿。我现在的两只狗子，亨利为苏格兰边境牧羊犬，它的眼睛手电照着不发光；普金为金毛寻回猎犬，它的眼睛在夜里照着会发出金黄偏红的光，像两束燃在夜里的火焰。

如果是灵魂，它也犯不上一忽儿从西边山崖，一忽儿从东边山崖上俯瞰院子。我要庆幸的是，有关鬼和灵魂之类的想象，仅发生在上半夜。三更时分雄鸡啼鸣，感觉中，喧嚣在宁静夜里的事物全部消失，一切回归于宁静。夜归为清明的夜，我在下半夜睡觉。

这几天夜晚狗子叫，无疑是因为动物在两边山崖捣乱。到底是什么动物说不清楚，不外乎野山羊、麂子和野猪。至于为什么是一个幽幽发蓝的亮点而不是一对，我想不论哪种动物，在如刀切的悬崖上站立，只能侧立，正向站不住。

夜里，山崖上幽幽发蓝的亮点，像自然中的一盏灯。今年的秋天，感觉附近小动物多了一些，有时在玫瑰园也能遇到，只是一线草动，它们就逃无踪影。

有两个晚上，我放出普金去院子外面，它嗅着某种踪迹寻找，也没有找出什么。亨利胆小，在林中遇危险时，反倒躲到我的身后，不能指望它在夜里去攻击什么动物。在院子里，亨利经常假装咆哮；出了院子，它的胆子还不如我。

天降龙湖

一度想去恩施，悠悠清江，载走蓝天白云，或一天星斗。居于山中，想念一片大水。隐约地明白，潜意识里一直被梭罗影响，梭罗有瓦尔登湖，我没有。

神农架也有许多水系，野马河、阴峪河、观音河、宋洛河、石槽河、香溪河……人类逐水而居，林海茫茫的神农架，每个乡镇都有一条奔流不息的河，许多村庄也有一条小河。我们红坪镇的野马河，是一条不结冰的温水河。

还有湖。大九湖在神农架西部，我曾动心迁至那里居住，在湖畔耕作和垂钓。武山湖靠近保康县马桥镇，那里海拔低，人间烟火盛，不在我的考虑范围。

依茶园而居的时间，我只有几个村庄没有去，官封村、高坪村、妙峰村、塔坪村，没有见到那里的河。可是能够想到，河从森林茂密的峡谷发源，崖上一条瀑布，几泓清流汇集，百折回环，漫过石头向下奔流。跳荡之间，回旋于深潭。饮水的小麂、羚羊常在林中的潭边现身。

可是，我依然想有一个大湖，清波荡漾，能泛舟，可垂钓，闲时坐在湖畔眺望远山发呆。

有那么一天，我发现屋后的小河出现一只白鹭，很惊奇。白鹭站在河床裸露的石头上，人走到十分近的时候才拍翅飞起，沿着河向高处飞去。后来发现，不止一只白鹭，初夏时光，它们在小河上啄食鱼儿和蝌蚪。接下来，它们飞进院子到鱼池啄鱼。一年，两年，三年，都是如此。我忽然想到，小河到秋天瘦成一线细水，冬天干枯，它不太可能是白鹭的生境，森林中一定还有一片大水。

只有大水才能养育水禽，这样一想，突然惊觉，森林中一定有一个湖！白鹭在湖中生活，闲时飞到小河觅食。可是，这茫茫林海之中，湖在哪儿呢？我想不出来。它们不太可能来自西部的大九湖，那里有东溪河，邻近有下谷河；也不会来自东部阳日镇的武山湖，相距遥远，且湖畔河流密布，它们飞越重重高山来到小河觅食的可能性十分小。

心中有一种窃喜，离我不远的地方一定有一个湖，那里才是白鹭的家。

前年，曹芳麟先生从深圳驾车来度假，他也看到了白鹭。我们商量着去九道乡，九道乡隶属房县，它的边界跟我们村连着。

沿着小河往九道乡去，车过红花村出神农架境，到咸池村往西南转上一条老旧的乡道。经历九曲十八弯，约三十公里路程，到达九道乡。九道乡有半边小街，不足百米长，若干个小店铺组成，乡政府、学校和医院占了另一边，街的北端有一座加油站。

沿街向北走，下一道坡，前面在炸石修路。受阻停车，往山下看，一条巨大的峡谷从前方拐弯，刀削斧劈的立崖，崖下是蓝镜面的水——大水。心里面发出快乐的欢呼，居然有这么大的水，它宁静地悠悠流淌，或者说是蓝玻璃在默默地移动。可是，脚下的岸笔陡，下不去。于此眺望，峡谷之上峻岭重重，目光掠过众山，天际依然是山。阳光垂直照耀，苍翠的森林波浪般起伏，这里宁静透了。

终于明白，白鹭的家在这里。其实，我初来红举时就知道九道有大水，想不到它是这样的大水。村里人告诉我，去九道的路很难走，有一座桥要十分娴熟的驾驶技术才能过去，人们往来都是骑摩托车。我搁置了去九道的欲望。只是九道有一位卖溪鱼者，常来村里卖鱼，引发我的想象，一直想着要到九道去。

今年夏天，白鹭又来了。这次有群集的倾向，还有一只夜鹭黄昏的时候飞进院子，站在鱼池边上过夜，引得普金不时大叫。茶季过后，着手准备去九道垂钓，买了渔竿、路亚竿、橡皮艇，希望能钓到很多大鱼。

继续打听，九道的大水原来是一个水库，水最深的地方达一百米。水库跨房县和竹山县，重要源头之一在神农架，由海拔 2800 米的神农顶白水漂发源，飞流直下进入阴峪河，阴峪河从板仓出境入九道。水库叫作龙背湾水库，全长 81 公里，发电站位于竹山县。卸甲坪，非常有趣的名字，为九道乡政府所在地。过去村里人说起，我以为是"谢家坪"，从没有想过"卸

森林中有许多酒

甲坪"——有龙，才有卸甲的地方。

我开车去龙背湾水库。行在水边的公路上，两岸山峰峙立，向北蜿蜒而去。龙背湾这个名字特别拗口，经过一个大湾的时候，脑子里蓦然闪现"龙湖"二字。对了，它就是龙湖，我的龙湖，一个我企盼了多年的湖，像一条巨龙静卧山中。

跟着一个车队往上游走，走到前面没有路了，忽然醒悟，这是走回阴峪河了。2008年曾经徒步阴峪河，从白水漂下面的大树坪村走到板仓村的百步梯，历时三天，中途支帐篷睡睡袋。

掉头一路向下游行去，过九道梁村时，村人说下游有大鱼，有人钓到十几斤重的大鱼。这里已经铺起宽阔平坦的水泥公路，疾驰一段，缓行一段。对岸的缓坡地带偶尔可见散居人家，白墙黑瓦，木栏围起小院，一条小径连接水边，河埠头的树桩系着静泊的扁舟。

一边观赏风景，一边寻找钓位。这是梦里多少次盼望的大水，心里将它比对清江、富春江、楠溪江和漓江。我觉得龙湖更像漓江，它在秦岭东部的群山之间，水岸山势险陡，立崖峭直，小岛浑圆，有绵延的山脊探向湖中。

真是天降龙湖，它给了我巨大的安慰。在未来的时间，随时可以来龙湖泛舟，或者垂钓。能不能在龙湖之滨搭一间茅屋，闲时垂钓，面水读书，并且种一畦菜？我想种辣椒和许多牵藤的扁豆。我想为它写一本书，记录在水边的时光。

在水边徘徊间，不觉太阳已经落到对岸的山上——我是下午出发的，路上又遇山体滑坡堵了两个小时。水边凉风吹拂，我沉浸在茶园近处寻找到湖的兴奋之中。它水面宽阔，81公里长，高山里的一条巨龙，蜿蜒虬曲，南北而卧。就是它了，我生命中的湖。

垂钓时，水面上已漾起夕阳的波光。一会儿就有鱼咬钩，却没有钓上来。钓鱼已经不重要了，看风景的心胜于获鱼。对岸浅滩的水面，一群白鹭贴水飞翔。这里就是白鹭的家啊。

接下来，夜幕降临，深蓝的夜空星光灿烂。水边，萤火虫跃动飞舞，映在水上似天空的流星。

返回茶庄，彻夜难眠。夜风送来邻近山头的音乐，居然是《洪湖水浪打浪》——山民在天麻地里安置了循环播放器播放音乐，防范野猪拱食地下的天麻。野猪会害怕《洪湖水浪打浪》？一乐。它们应该是误以为有人在看守，不敢进袭天麻地吧。

有了湖，我安心了。梭罗有瓦尔登湖；华兹华斯有故乡的湖区，留下《抒情歌谣集》；汪静之有西子湖，留下《蕙的风》。先贤们在水滨的抒情经由时间的传播，世代浸润，泽被后世，那也是水的荣光。在北京写作的那些时间，喜欢听理查德·克莱德曼的钢琴曲《水边的阿狄丽娜》，写过一篇乐评《玻璃水》。在这个世上，以什么抚慰我的心灵？水呀。那荡漾流淌的音乐，漫溢山间清苦的日子，洗涤我卑微的灵魂。

第二天，我仍旧开车去龙湖。这一次我熟悉了路线，径直向北走。有些路段正在施工铺设，放缓行驶，看到一条河汊。停下车准备在河汊交汇处垂钓。想想，又重新上车，我要多看看龙湖。

森林中有许多酒

到达，取出钓具，沿着小径下到水边。起风了，水面涌起波浪，清澈的水波，漾起一束束白浪花。水深，我抛出钓钩，许久沉不到底。

有鱼咬钩了，起竿，手感很沉，出水一条大马口鱼。钓鱼应该比陶渊明采菊有趣。古代有两位著名的钓鱼人物，姜子牙和严子陵。在民间的摆谈里，姜子牙直钩钓鱼，被当作笑料。其实，这是误会，直钩钓鱼比弯钩钓鱼更牢靠，鱼不能逃。

我用过直钩钓鱼。这枚直钩是一根一号缝衣针，这种针我村的小超市还有售。垂钓时，将鱼饵插在针上抛入水中，鱼咬饵直吞，游走时绑在中间的渔线受力，杠杆原理发挥作用，针——也就是直钩——立即横卡在鱼的咽喉。鱼无论如何无法将它吐出来，愈摆头挣扎，卡得越紧，鱼就钓上来了。智者如姜子牙，绝不是普通人的笑料。

另一位钓者严子陵，与光武帝刘秀同窗。刘秀起兵得天下之后，邀严子陵进京做官，严子陵不从，隐居于富春山打柴，在富春江垂钓。每次车过富春江，我都默默盯着严子陵钓鱼台，心想此生一定要来这里垂钓。富春江，多有诗情画意的江，那是最合我心意的江。郁达夫的《还乡记》写了它，我也是读《还乡记》知道了富春江。

但我的垂钓，真实意图是改善伙食。喜欢山中的清水鱼，有鱼时可以喝一杯。吃不惯市街的商品鱼很久了。那肉质、那味道一律没法与山中清水鱼相比。

又钓起一条大马口鱼，阳光照耀，鳞片五彩斑斓。随后起了大风，湖面涌起大浪，坚守了一阵。但浪击之下，脚下的碎石与泥土往下坍塌，只好收竿起身。心想，大翘嘴都快要来了，偏刮大风。

收拾好钓具，捡了三块龙湖石开车回返。一路上心里念叨，龙湖，我的龙湖。以为这样念得久了，龙湖就正式定名了。当然，我也腾出些许时间思考，这马口鱼是红烧呢还是清炖？

寻　熊

　　那年夏天，我去螺圈套边缘的老道崖拍熊，身上挂着单反、DV、美国丛林军刀和卫星定位仪，俨然一个职业探险者。老道崖有若干条野兽通道，羚羊、梅花鹿的足迹最多。而神农架的亚洲黑熊，是我心中的猛兽之一。

　　寂静的森林，巴山松林下面堆积了一层金黄的松针。阳光从叶隙打进来，地上零星生着紫金牛、耧斗菜、川桂和黄精，林窗也生有山楂、光叶海棠、木姜子、花楸等高一些的灌木。只有鞋底踩踏落叶的声音，和偶尔响起的红嘴蓝鹊带点儿沙哑的叫声。

　　有点小风。夏天森林中的小风，轻轻地抚过沁满汗珠的额头。眼前是老道洞，一个天然的楔形山洞，有一石桌、两个石凳，石桌上依稀可见镂刻并描白的象棋盘。谁曾经在此对弈？洞的右侧生有一丛铁线蕨。左边有侧房，砌有一门一窗，窗外有一株茂盛的花楸遮掩。进门，有两间屋子，外屋有一条石，可卧。内屋，也是条石床。两屋都有些潮湿，地上积满了颗粒状的羚羊粪。据说这儿曾经住过一位老道士，我想如能扯一根网线来，此地真是一个神仙居处。

朝前走。走到一个缓坡，有些累了。熊也能树栖，找熊要看地面，亦须看树上。熊在夏天，喜欢上灯台树，吃灯台树的果实。这儿也是松树林，巴山松，或许有秦岭松，我不大分得清。来到神农架，一切的知识都是从头学起。搁下登山杖，解下丛林军刀、水壶，摆好单反相机、DV，靠着一棵大松树坐下来，旋开水壶盖子，喝了两口水。

放好水壶，顺坡势躺下去，柔软的松针床，好舒服。忽然有沙沙声传来，抬头警觉地朝发声方向看去，什么也没有。静啊……静啊，静得能听到自己的心跳声。正要重新躺着休息，沙沙声又起。这一次确定了发声的地方——右前方一块雨蚀而光滑的石灰岩，边上爬着一株扶芳藤。细看，一条蜥蜴从石头后面探出头来，摆头左右观望，然后退下；一会儿又爬上来，摆头观望；然后，它趴在石头上睡觉了。

轻轻舒一口气。石头上的蜥蜴呈黑色，有米黄色条纹。蜥蜴是一种胆小、敏感且机灵的动物。它的经典能力是"自截"，遇天敌追赶时，断掉一截尾巴而逃。那截断尾，能在原地跳动，吸引天敌。此外，变色龙也是蜥蜴，它靠变色躲避天敌。

这时候手机响了，蜥蜴闻声而逃。韩浩月打来的，问我在干什么，有个笔会能否参加？我说在神农架森林找熊。他说，小心啊，千万别出声，不然会有危险。我说，出声就找不到熊了，熊听见就跑了。在森林里，要规避危险，恰要发出大声。

一通电话，蜥蜴跑了，别的动物也都跑了吧？我想象老道崖上面的高山草甸上，一群羚羊或者一头熊已经闻声逃去。收起手机，索性大吼三声，躺下睡了一觉。迷迷糊糊中，有敲击树木的声音，骤然惊醒。这是动物还是人？这儿没有人会来，我以前也来过数次，从未遇见人。仔细听，声音没有了。

拿起登山杖，用力敲了一下跟前的松树。天哪，密林中回应了一声。又敲一下，密林中又回应了一声。这不是山体回音，是动物敲树木的声音。于是抓起丛林军刀，四面巡视一遍，什么也没有。只有树和树不规则排列的森林。用登山杖连续敲三下松树，用一种节奏叩问对方是谁。密林中，也回应了三下。头发轰地竖起来了。

谁？我高喊一声。这一声太用力，几乎将嗓子喊裂。森林里回应了一声"谁"，拖着尾音。这倒是真正的回音了。

回音过去，万籁俱静，连蜥蜴发出的那种小小的沙沙声都没有。

一个夏天登山从未遇到这种情况。执起相机树上树下搜寻，发现了一只鸟，飞到一棵枯掉的青冈栎树上。腾出右手拿登山杖敲一下树，它居然啄了一下枯树干，回应了一声。原来是它啊！一只白脸、红顶、通身黑的黑啄木鸟。瞬间从紧张中摆脱出来。啄木鸟就是整天敲树，接下来，它又敲了起来。

起身，背起行装，攀登陡峭的老道崖。崖上，一片高山草甸，偶有几棵花楸和光叶海棠立着。草甸主要由薹草、高羊茅、柴胡、龙胆和华中雪莲组成。华中雪莲开着紫色的花，如一支支紫烛立着，阳光斜照，与蓝色的龙胆花相映。

一片绿色高羊茅静静地留下一个兽形，是一个动物躺压的睡痕。伸手抚摸一下草，有比阳光照耀暖些的温度，动物才走吧？忽然想转身逃去，可是人跑得过动物么？这是我历次进森林的想法，不要逃，跑不过动物。执相机搜寻一遍，四处没有动物，拍了几张华中雪莲，继续往山顶走。那里有一块龟形巨石，站在上面可以眺望螺圈套。

接近螺圈套了，迎面拂来森森的凉气。螺圈套隐秘而阴森，没有人迹，似有亿万年的苍凉。登上龟形石，一片云海，云上面隐约露出生长巴山冷杉、红桦和松树的残崖断壁。峰薄如刃，像无数缺齿的刀片。

我冲着螺圈套大喊一声：啊！我——来——了！隐隐有一点回音。龟形石下面，陡壁上生着一片川芎。川芎开着伞形白花，叶如芹菜。云海，浮托无边无际的时间。想象有一只船，可以在白色的云海上漂浮。那白云下，是动物的乐园。

林中的两个吃货

　　我曾经动念建一个树屋住在斜崖茶园——只能建树屋，野兽太多了——还考虑过如何安设装置阻止黑熊沿着树爬上来。经过一些时间的劳动，我打消了在斜崖茶园建树屋的念头。白天可以在茶园劳动一个小时，天黑了实在无法忍受野兽撕裂夜幕的嚎叫。冬天，我带着当时的黄狗朴俊杰上山，它居然从密林找来一块血淋淋的麂子大腿骨，显然是大型食肉兽吃剩在那里的，我猜是豹子干的。我这么肥，食肉兽一定看得上。

　　放弃了越来越多的想法，在密林建一个树屋的念头却一直保留着。我想到村里的老爷寨，它在原始森林中间，是民国时期村里的席老爷带领大家躲土匪的地方。但是，最现实的建树屋的地方在青树包山坡南边的沟里，那里常有野兽出没。沟南边的山上，有许多坟墓，板栗比其他山上都多，我一个人去捡过两次。我向村人建议去那里捡板栗，村人却告诉我，一个人不敢去，有鬼。这影响到了我，后来再也没有一个人去——我在山里总是一个人行动，没有伙伴。

夏末秋初，我决定对斜崖茶园进行一次彻底修剪，将剪下的叶子运回红举制作金茶。以前，斜崖茶园修剪下的叶子统统弃掉，太难搬运了。下公路过河，爬山上到茶园需要一个小时，下山也要二十分钟。这次，我请了宋光敏兄弟两个人帮忙剪茶兼搬运，宋光敏又叫上他的爱人冉婷，加我四个人从红举出发来到斜崖茶园。

停好车，过河。久旱的夏季河床干了，没有水，只有水的痕迹。我在这里捡过好多石头。上了河岸，踏上曲折的羊肠小径，走了十几步就进入密林，山矾、红桦、橡子、板栗及松树等密集挺立，枝杈横生，遮天蔽日，一下子凉下来。

只有关系十分好的茶友，我才会带去斜崖茶园。记得当年领着胡元骏上来时，他叹道，走了这么多天，这才像到了原始森林。

我走得慢，宋光敏他们拿着筐、大蛇皮袋、电剪、锂电池走到了前面，健步如飞。真羡慕农友登山的能力，这么陡的坡如履平地。

宋光敏和他哥哥在村里海拔两千米的蛇草坪养羊，养蜜蜂，养鸡，还养了猪。蛇草坪是高山草甸，有山泉成溪。那地方，即使是夏天，早晚也要穿棉衣。我每年跟他订一头猪。那些猪自己拱草吃生长，身体增重慢，肉质也粗，却香。他养的土鸡也香。今年，他的一头猪把一只小羊羔的腿咬残了。小羊羔不能走，一直坐着，他每天割草喂它。

我满头大汗、气喘吁吁地走到茶园。刚来神农架的时候，我喘得更厉害，陪中国科学院博士爬大龙潭南边的一座山，喘得像要把心都吐出去。山坡上长着成片的鬼灯檠、荚果蕨，红桦树密集一片。到山顶，我站住脚说：我喘，我存在。研究动物和植物的博士比山民还能爬山，研究成果都是爬山获得的。

等我到达茶园，宋光敏他们已经开始剪枝了，电动剪刀嚓嚓地响着。阳光明媚，叶子上的露水未干，反射着阳光，亮晶晶的。兄弟两个都在挥动电动剪刀，冉婷用镰刀割草。我拿了一把镰刀，戴上手套，也开始割草。斜崖茶园生长茂密的蝇子草和丛枝蓼，偶尔有藤本的扛板归和南赤爬爬到茶树上。

一会儿，衣服都被露水打湿了。森林里面湿气重——夜晚明月当空，群星闪烁，早晨却像下过一场雨，茶树和草叶湿漉漉的——导致旱蚂蟥特别多。割草割了不到一个小时，右脚跟痒，心想不好，被旱蚂蟥咬了。提起裤管，果然，白色的袜子有一团红，出血了，旱蚂蟥趴在袜子上。十分懊恼。出门前匆匆往左脚喷了艾露，右脚没有喷，旱蚂蟥叮上右脚。

宋光敏兄弟俩提着电剪，理发似的匀速往前推进，给混乱的茶树理了个平头。我割草的速度没有他们快，遂放下镰刀，改用手拔。蝇子草和丛枝蓼枝蔓横陈，攀爬并覆盖住茶树。贴着地面将它们连根拔起，茶树立即清新地现出原形。

我对茶园的草保持平和的态度，等它们开花时割或者拔掉，结了草籽的话，来年的草就太多了。在茶叶生长期将草除了，虫子只好集中到茶叶上。完全没有草是不好的。没有草的地方，晴天阳光曝晒导致土壤干燥，雨天雨水冲刷导致水土流失。割或拔掉的草，腐烂之后也是肥料。

太阳升到正中的时候，我们已经装起好几袋茶叶，冉婷开始往山下搬。他们两个人剪茶，我一个人拔草，快要赶不上他们的速度，大汗淋漓，此刻的太阳晒到爆头。狠力拔草。茶树下是逐年掉落的树叶子，腐化成松软的腐质层，长在上面的草可以轻松地拔起来。倒是缠在茶树上的草，扯出来费劲。

如果叶子剪了不要，就可以拔起根来让草自己干枯。但要把叶子运回去，就不能让草留在茶树上——若连草一起运回去，要徒费多少工夫挑出来！我心中已经没有其他念头，双手轮换着拔草。

茶园分成两片，中间是路。东片大，西片小，面积只有东片的三分之一，草却长得茂盛。我把西片的草拔干净了，走到北端的桂花树前。桂花树又长大一些。这便是农耕的快乐么？亲手种下的树，经历风霜雨雪和阳光，在大地上成长，绽开花朵，释放芳香。

阳光照耀下，拔除草和藤子的茶树精神抖擞。宋光敏他们三人搬茶叶下山了，刚才嚓嚓响的电剪声没了，幽谷传来几声红嘴蓝鹊的鸣叫，茶园突然宁静下来。我巡视四周，壳斗科树木的叶子开始泛黄，杉树、松树组成的针叶林更显青绿；北面的山依然云遮雾罩；东边南北走向的水蚀峡谷，红桦树立着，一些巨藤从岸坡缠绞上来，它们是坚强的攀缘者。

饥肠辘辘。煮好的粽子搁在山下的车里，忘记带上来，只好去摘猕猴桃当午餐了。茶园入口有两棵猕猴桃，都是母的，公的猕猴桃开花不结果。猕猴桃从地上爬到树顶，压弯了两棵倒霉的橡子树，藤蔓上果实累累，看上去能摘二百斤。还有一些野核桃树长在茶园周边，果实都自然坠落了。野核桃壳坚厚，不易敲开，肉少，但是香。吃过野核桃，就再也不想吃家核桃。但我不喜欢茶园边上有核桃树，胡桃科植物的化感作用会对茶树产生影响。

咔嚓，林子里发出轻微的声响，貌似有一只鸟在竹丛间觅食。接着，声音大一些，更清晰了。鸟没那么大的动作，会是什么动物呢？阳光依然很烈，红桦树上的知了叫起来。声音来自西边这片茶园的北端。

北端密林生长有野桃、野李子、野核桃、红桦和竹子，里面还有两个乱石堆，采茶嫂说那可能是两座墓。二十年前，这里住有农户，生态移民时搬走了。一切都被森林覆盖，只剩下茶园，我在十年前把它整理出来。

声音越来越响。奇怪了，不像踩踏枯枝的声音，也不像啃咬树皮的声音。是什么动物呢？目测一下，我站着的地方离密林大约二十米远，石坎上长着胡枝子、覆盆子、葛藤，还有艾蒿、香薷、紫菀等草本植物，屏蔽了视线，连我从前摆在上面的蜂桶也看不见。那动物离我可能有三十米——谁那么大胆？简直是目中无人，我站在这里呢。

茶园里静悄悄。要是从前，此时一定能听见我咚咚的心跳。现在平和，已是一个老山民了，岁月在额上镂下了刻痕。与野兽为伍，我踏着时光往来于森林，听惯了野兽的嚎叫和奔走声。这不会是猫科动物的声音，它们的脚步是悄悄的，如此大的声响，会将猎物惊跑。

是野猪！倾听了大约五分钟，终于分辨出来，是野猪嚼野核桃的声音。那声音跟中华田园犬大哈、金毛寻回犬普金嚼骨头的声音极其相似，初始是轻轻地嚼，渐渐转入大嚼、放肆地嚼。我想录下这声音，手机没有电了。

仿佛整个山谷都在回荡那个不露面的家伙嚼野核桃的声音。我考虑要不要去拿电剪，如果野兽过来，一把神奇的电剪足以吓退它。又想，要是手中有杆枪呢？不行。没有伙伴，没有猎犬，一枪没能毙命，即便是一头温柔的野猪，也会冲过来把人干掉。何况，人家在山上自由地觅食，人凭什么枪杀它？我们在上苍面前，都是平等的。

我听着野猪嚼野核桃的声音，心绪乱无方向地游走。以一个吃货的心理分析，没有谁愿意在进食的时候受到打扰，更别说没有道理的攻击！

野核桃很香，野猪肉也很香。嗯，思想又偏离了正确的轨道。一个吃货在吃野核桃，另一个吃货在想着吃对方的肉。如果野猪知道我的心理，一定会认为我的想法充满罪过。事实上，作为灵长类人科动物的我，见到飞禽走兽时，心里常在挑选烹饪方法，从没想到这是罪过。

一会儿，宋光敏他们上来了。我说，那边有一头野猪在嚼核桃。宋光敏轻轻走过来，说，怎么打？密林里传来一阵窸窣声，野猪穿过竹林扬长而去。

直到晚上回到红举，我的耳畔还在回响野猪嚼核桃的声音。高山上有一条峡谷，峡谷边上有一片茶园，茶园里有一个动念吃野猪肉的坏蛋。

蜜蜂家园

森林是花朵和果实的家。

从前，我在北京大学南门风入松书店买过一本历届美国总统的演讲集，喜欢卡特总统的一篇演讲稿。他在介绍美国有多么好，道，美国有二百种冰激凌可供儿童选择。

天哪，我想象不到那是什么情景。但是，我去过北方许多的果园。开车经过河南的河洛地区时，整整一个小时，沿途都能看到苹果，闻到苹果飘香。

在北方，只有一件事情让我失望。少年时读郭小川的诗歌，有一首诗叫《青纱帐——甘蔗林》，我想青纱帐是很美的，会结什么果实呢？那一年，我受邀去河北衡水乡下的梨子园吃梨子，看到大片的玉米地，玉米秆有手腕粗，密密实实，人没法走进去。朋友指着玉米地说，看，那就是青纱帐！

原来，玉米林就是青纱帐，一时好失望。玉米秆没有甘蔗甜。

儿时，我坐车从遂川去吉安，路上看到大片的甘蔗林。汽车开了很久，沿路都是甘蔗。北方大地生长麦子和玉米，广阔如海洋。我去北方的果园，先震惊于那看不到边的果树和果实，然后一声叹息，我吃不了这么多苹果。

神农架森林里是另外一种景象。在果实挂满枝头的秋天，阳光照耀森林，森林里面有许多鸟啼，还有小野兽的叫声。斑斓的树叶红一片黄一片，有些地方一片青翠。蜜蜂采集树林下簇簇金色的菊花花粉。偶尔能看到一只巨型的金环胡蜂从橡子林穿过，我叫它轰炸机。在这里，至少有二百种果实供我选择。板栗、核桃、猕猴桃、五味子、野梨、金樱子、海棠……看得我眼花缭乱。

所有结果的植物都开花呢！原始森林长着不同的树，开着不同的花，结着形态各异、味道不同的果实。

秋天去森林采五味子，看到了真正令我震撼的情景。

五味子是一种藤本植物，纤柔又坚实的细藤绕着大树向上攀缘，在树枝上挂满红宝石般的果实。叫声好听的画眉、形态优美的红嘴蓝鹊、跳跃不止的领雀嘴鹎都来啄食五味子。旁边树上的猕猴桃藤悬铃般挂着猕猴桃，有松鼠蹲在树上欣赏。

看到一棵巨大的树。它似乎遭受过雷击，大半枝丫枯萎，小部分枝丫残留叶子，老残到空心了。树的半腰上有一个树洞，一只只蜜蜂往里面飞，有的蜜蜂在斑驳粗糙的树皮上停留片刻才飞进去。

这是蜜蜂的家啊！我木木地站在大树下发呆：发现真正的蜜蜂的家了！原来想过，蜜蜂应该有自己的家，它们从哪里来？原来就在这里。我几乎忘记采五味子了，数着往回飞的蜜蜂，

森林中有许多酒

数了一会儿，数不下去了——太多了。也有少量的蜜蜂从树洞飞出去，比回家的速度快多了，像一粒粒子弹射出去。

这是中华蜜蜂，它的身体比平原地带的蜜蜂小一些。平原地带卧式蜂箱养的蜜蜂体形大，随着花季迁移，那是意大利蜜蜂，从西方引进的。原始森林中看不到那种蜜蜂。

我发现了小小的中华蜜蜂的家，呆看了一会儿，内心忽然欣喜万分，想大声呼喊。左右打量一会儿森林，担心大声呼喊会惊动附近的野兽。

揪了揪自己的手臂，疼痛。这不是梦，可是我像从梦境醒来。围着大树走了一圈，脚下的树叶发出沙沙声。小蜜蜂仍在出出进进，那个树洞被蹭得光亮，它们的蜂王住在里面。好想进入树洞看一看，可是我爬不上去也进去不了。忽然发现，斑驳粗糙的树皮上镂刻许多野兽的爪痕。这一定是熊爪抓下的印子，只有熊疯狂地痴迷蜂蜜。

我摘了一些五味子，带着发现蜜蜂家园的欣喜下山。我的森林之家里，不只是有二百多种果实可供选择，还有二百多种动物可供观察呢。它们在自由的森林中生活。

那一年冬雪

一

我相信落雪是一次对人的精神洗礼。每年的冬天，初雪的降落都会覆盖记忆，结上冰凌，尔后随着时间消融。白茫茫的神农架原始森林，宁静又真切，坐在雪光映射的屋内，给小柴炉添加柴火，斟上一杯黄酒，翻开川端康成的《雪国》，些许纯净与暖意渐渐涌上心头。

初雪，也是上天为冬季举行的开场仪式。2018年11月7日，立冬。天空露出朦胧的亮光，连续两天的雨水忽然打住，一些坚硬的雪粒自天而降。

徒步走了两公里，回到院子中。雄鸡在独立鸣叫，亨利照例紧跟在我的脚后。天渐亮，感觉到一些绒状物质坠落地上，抬起头，大朵雪花无声地垂直降落。立冬了啊。

两位远方来访的朋友匆匆地来，今天即要匆匆地走，很是不舍。蒸了馒头，炖了一锅菜做早餐，有黄牛肉和头水紫菜之类。厨房里暖融融，亨利守在门口。

窗外的小河已经枯水，雪花轻盈落在灰白色卵石上。大雪不期而至，像深秋无边无际的低垂大幕。那些流连枝头的红的黄的树叶，渐渐被覆盖成白色。大群的白喉鹀和领雀嘴鹎在蔷薇枝头跳跃，蹬落枝头的雪粉。它们啄食红艳的蔷薇果。

现在，我习惯用茶人的眼光看世界。一个大雪降落的冬天，会有许多的茶树受冻。它们将在春天的阳光里举着铁灰色的枯枝，还有成片的铁锈色嫩梢，引发心中隐约的痛。

千百年来，人类从审美逸趣状写雪的诗意，有时我也这样。爱雪，欣赏它的洁白纯净，不经意间脑海闪现"燕山雪花大如席"的诗句。不过内心觉得，唐代诗人写的雪里饱含悲壮之情，宋代诗人写的雪里悲切寒凉彻骨。一朝之隔，那些风花雪月，有如此之大的跨距。

二

送走客人，院子里徐徐落下密集的雪花。

计划生火，用暖风烘一下削好皮的柿子，却发现已经停电。每当特别的天气出现，停电都会相随。

采了四百多斤柿子，一百斤做柿子酒，三百斤做柿饼。红彤彤的柿子，削皮之后，阳光晒干表层，逐一捏动，渐渐晾干，直至起霜。呈褐色的柿子蒙一层白，柿饼就成功了。柿饼一定要有阳光的味道，可是雨去雪来，柿子只晒了一天，表层不够干，只能热烘一下等待天晴。

立冬的大雪天，柿子红彤彤，引人回忆。仿佛很久远了，在北京的日子。那时，从夏天到冬天，常沿京顺路东拐去平谷金海湖，到环湖公路上兜风。环湖公路没车没人，畅通无阻，只在西北角有陡坡起伏和急弯，农家的青砖房建在山坡上。冬天，微蓝的湖水下降，湖岸至山顶积着白雪，金阳光照耀，山坡柿子树枝头悬挂红彤彤的柿子，营造甜的冬天的意韵。

平谷最高峰叫东指壶峰，海拔1400米，全裸的岩石，只缝隙中生长二月兰之类的山花。东指壶峰下面的玻璃台村，一律西式别墅农舍，房前屋后的树悬满柿子。对这里的印象深，主要是因为柿子，然后是红肖梨、玻璃宴和石长城。向东，据说还有段玛瑙石的长城。

三

窗外的雪越下越大了。雪是凝固的水，想起以前写过，酒是液体的火。然，雪的确是固态的水。水汽化蒸腾为云，遇冷结成细微的冰晶，相连至空气不能承托而降落。一会儿，山上杉树积白了，白绿相间。四只红嘴蓝鹊拖着长裙般的尾巴袅袅飞过，它们像去追逐雪花。一朵雪花有多重呢？曾经想过称量一朵雪花，看看它到底有多重。

有水的地方，才会有生命。生活在非洲撒哈拉沙漠的短命菊可谓遇水而生。不足一个月的生长期，完成其他植物的四季轮回。这么短的时间，我不知道有什么虫子给它授粉。

撒哈拉沙漠常年干旱，空气干燥，极其罕见地降一场雨，短命菊就快速萌芽生长，开花结果。它的舌状花排列在头状花序周围，空气干燥立即闭合，空气湿润迅速开放结果。一个月之内果实成熟，缩成球形随风飘扬，远播他乡。短命菊表示，只要给我一点湿润，我就能够萌芽生长。作为种子植物的短命菊，个体的生命时间不长，把对水能的利用效率发挥到极致，并由此保持族群世代繁衍下去。

撒哈拉沙漠是地球最大、最干旱和最热的沙漠。撒哈拉沙漠会下雪吗？会的。2016 年 12 月 19 日，撒哈拉沙漠下雪了，艾因赛夫拉小镇的人见证了这一场雪。数十年难遇一次的雪，整整降落了一天，茫茫白雪覆盖了金色的沙漠。突然而至的降雪令撒哈拉人惊讶：这是老天下面粉吗？撒哈拉沙漠上一场降雪，发生在 1979 年 2 月 18 日。果然，如果真爱出现，可以等到撒哈拉沙漠下雪！早年，我读三毛的散文记住撒哈拉。三毛是撒哈拉沙漠的代言人。

四

雪依然在下。停电，有点扫兴。农网的村际电网只有单回，雪压树枝，搭到电缆上造成短路断电，纯属天意。我的朋友正在张罗给我搭建一个太阳能发电站，将再无停电之忧。专业点的表达是：增加一个电源点，构成双回供电，切断一个电源还有一个电源，由此保证不间断供电。

在森林中，几次停电给我留下印象。

2015 年茶季，一个晴朗的下午，我采用自然发酵法发酵好四大筐红茶，掀开针织棉布，茶叶散发出迷人的花果香。生火，推上空气开关，嗡的一下，电机没响，我的脑子响起来了，没电！找到杀青机、揉捻机的空气开关推上，都没有反应，停电了呀！拨打热线，得知线路故障，正在检修。要多长时间修好呢？人家也不知道。当即将发酵的红茶搬上车，锁门，开到木鱼镇的茶厂加工，炒至八成干往回赶。这批茶叶能制成一百斤好茶呢。这事令我心有余悸。

还有一次，一家媒体约好一篇文章。写到半夜时，停电了。有媒体编辑抱怨我没有按时完稿。可是在森林里，停了电，沿线都没有电，必须开车三个半小时去松柏镇找宾馆开房写作。这种事情不能常做，尤其是山路有冰雪的冬天。天亮后没有来电，我拿着笔记本，到汽车上插上逆变器，连接汽车电源写完文章后面部分。来电时，正好发走。

记忆最深刻的一次停电，居然停了三天三夜。这年我计划养鸡养鸭养鹅，山上有那么多的虫子和青草。采购了鸡鸭鹅蛋一共五十八枚，搁在电孵化器里。二十一天，鸡子可以破壳，鸭和鹅稍晚。就在第十八天时，停电了。没关系，我从容淡定搬来一个电瓶，接上电源。啪的一声，一缕塑胶烟升起，电孵化器的风扇电机烧了。我拿棉絮将电孵化器包起来，立即上网拍下配件。等配件到来和恢复供电，一切都如经历冰川期，五十八条生命没有了。

五

我不惧雪天寒冷，只担心覆冰的盘山路令车一路漂移。客人走到哪儿了呢？划开手机，看到客人发来两张雪景照片，一段语音：好美的雪景啊！心想，真正美丽的雪景还没到时间呢。这只是初雪，待几场大雪之后，神农架茫茫林海才是琼瑶仙境。手机嘟嘟了两下，也没电了。

扔下手机，下雪正好赶稿子。给炉子添些柴，坐在炉子旁写作，泡杯红茶，斟杯黄酒，也不乏惬意。大半年都在茶山、地里和车间忙碌，下雪了，终于可以休息了。写了一会儿，想想不对，手机还是要充上电，纵然客人是越野高手，遇到岔路什么的也要问路呢！

打开手机，发现有两个未接电话。打过去，客人说，古老师，我们的车掉沟里了，你快拿把铲子带上绳子来！

从工具房里找到一捆尼龙绳子、四股六平方的电线、一根钢钎、一把斧头、一把锄头、一把树铲、四根粗木柴，启动出发。

真的是漫天大雪。车向前开，雪花往车窗扑，雨刷刮一下，又扑上一层。路边的竹子和小盐肤木被雪压得横向公路，刮得车窗和顶篷沙沙响。公路铺了一层白雪，依稀可见先前行驶的车压出的车辙。

雪盖住山边人家的黑屋瓦顶，一缕蓝炊烟挣扎着在纷乱的雪花中向上努力升腾。新割玉米的玉米田，雪花散铺其间，堆起的玉米秸垛，顶着一个洁白的弧形雪帽。漆园山上左侧，一片金黄针叶的落叶松被覆白了，仍有些许嫩黄色晕映现。正前方，壳斗科的树林，落叶的枝条上已经全白了，正是那"忽如一夜春风来，千树万树梨花开"景况。右侧的山坡，几丛漆树从白雪黑枝中探出几片羽状红叶，叶红雪白。更高的山隐入茫茫雪雾。

六

拐一个之字形急弯，轰大油门向上冲，实际时速不到三十公里。路窄处滑了一下。雪覆盖了路沟，我担心自己的车也掉进沟里，减挡缓行。

森林的路旁，行很远也没有见到一个人，所谓路断人稀，就是这样的地方吧。心里想着顺路带上两个人去帮忙推车，白茫茫的林中没有一个人影。一条麻灰色的狗从小径跳出来，脊背和额上沾着白雪，摆几下尾巴闪到路边。

开过千百回的路。依稀记得是前年铺装的水泥路面，路宽四米五，有些地方窄一些，有些地方宽一些，宽的地方形成会车场。初来红举的时候，我还考虑过在每处会车场两端都种上藤本月季。我喜欢种龙沙宝石、御用马车和法国攀岩月季造型。那时候是柏油路面，已经破败，由深洼地和沟槽组成。杂草和灌木纷纷突破路沟逼向路面，两边的乔木从空中倾斜彼此相拥。有些路段，葛藤和猕猴桃藤悬在树上，遮天蔽日。山路形成一条森林隧道，符合我对原始森林隐居地山高路远、荒芜苍凉的想象。

驶过一个之字大弯，感觉雪下面有冰了。神农架地貌，在地质学上叫作垂直地貌。茶庄海拔1200米，百草冲海拔2300米。当我们的红举峡谷下雨的时候，百草冲早已是白雪飘飘了。所谓的2018年冬第一场雪，只是我的茶园的第一场雪。海拔逾3100米的神农顶，一个月前就飘雪结冰了。

过大弯时，车轮又滑了一下，像玩漂移。正常情况下，漂移三五次也没有关系，但这次我是去援助客人。高山每上升100米，气温下降1摄氏度。积雪的地方，气温低于零度。我可以想象到，客人的车侧歪在路边沟里，人站在密集降落的雪中，搓着双手取暖，间或跳动一下，无助地期盼救援到来。如此的时间不能太久，人体的温度会渐渐丢失。

一辆满载货物的风神大卡车挡住去路。我有点急，倒车至路宽处停住，让大卡车过去。事实上，通往红举的是一条很好的路，我只对去高坪村和东溪村的路心生恐惧：从坚硬的悬崖凿出来的路只有一车宽，路边有无底的深渊，深渊仿佛有强大的磁力。

七

继续往前。一辆摩托在雪路上飞驰。雪路上的摩托车压出单线车辙，轮子掀起细小的雪粉。本能地从方向盘抬起左手握拳，为摩托车主加一把劲。忽然想到，那个驾驶摩托车的身影，恰是从前的我呢。

2006年的冬天，我从北京长驱1700公里，穿越华北平原和中原大地，六天时间到达神农架。

2006 年的冬天比现在冷，北京零下九度，双脚紧夹金城 250 摩托车双发动机，有微小的热力透过摩托车靴。那次出行改变了我的方向，我在写作的高峰期遁入神农架原始森林。

行进在 107 国道，沿途有民居，一些商店播放着音乐。偶尔有飘飞的雪花，像微小的灰蝶。已经落叶的笔挺的白杨树，鹊巢在高高的树丫上。无边无际的麦田，北面的麦苗短，越往南走，麦苗越长。浅绿的平原，积着一些残雪，地平线上飘起淡蓝的薄雾。路旁伴着北风飞来的音乐，多数是刀郎的歌。刀郎的歌好像是为冬天而生，我在北京通州的胡同里，也常听到。在路上听刀郎，心里就有一点凉，我记住了他的《2002 年的第一场雪》。一首情歌在冬天里播放，当是在寒凉中的人寻找温暖。

现在我还有驾驶摩托车去拉萨的理想么？神农架原始森林四季更迭，冷暖炎凉都被我过成了平常。曾经走遍中国各地，如今我认真地从事栽培，观察植物。偶尔有远方客人来看我，来去匆匆。我已经将这些事情看成常态。

八

梭罗在《瓦尔登湖》一书写道，看见一只土拨鼠穿过前面的小路，心里马上涌出一种无法言喻的野性的喜悦，想把它抓住，吞下去。这并不是因为饿了，而是因为它似乎代表了一种野性。有一两回，他发现自己莫名其妙地在林中奔跑，如同一只饥饿的猎狗，带着奇异的野性去寻找一种可以吞食的野味。

神农架与瓦尔登湖差别很大，我完全不敢设想去捕捉野兽。神农架的森林中，传播最为广泛和持久的是野人的传说。野人，还有驴头狼，没有听人说目击过。金钱豹、狼、豺、熊和野猪等猛兽确实存在，分布甚广。我在森林中，多次目击到新鲜的羚羊和青麂的骨骸，以及皮毛。那都是食肉兽吃剩的遗迹。在雪天，两次看见被豺掏空肛肠死去的斑羚。熊与野猪有多次照面，也拍下了图片。

今年夏天，就在这条路上，夜里从木鱼镇拉新鲜茶叶回来，车灯照见一只小豹子一样的动物。它不是家猫或野猫，脑袋大一号，眼睛发亮，站在路边红花车轴草丛中的土堆上。我当时起了不好的念头：把它抱回去养起来。刹车，挡位回空，拉手刹。这小兽看上去天真无邪，没有经历过危险，车停在身边也没有畏惧之情，应该可以抓住。

正要打开车门的时候，我透过车窗向各处看了一眼，无边无际的黑暗笼罩着森林，黑暗将车灯的光挤压成一小团昏黄。只觉森林之夜的黑暗会将车挤压至不能动弹。我的心咚地重重跳了一下，婴孩般的小兽会独自出来行走么？它的身后一定有一个大兽，躲在我看不见的地方。于是，启动车，加速走了。任何危险，都是不好的念头带来的吧？

回到茶庄，两个狗子围着叫时，我还在庆幸及时终止抓捕小兽的念头。神农架的野性，非同一般的野性，我时刻戒备。人生最可怕的悲剧是，人想吃兽的时候，却被兽当作了食物。

金丝猴在紧急情况下，同样会对人发起攻击。不能触碰它们的底线——不要去欺侮小金丝猴。野外环境下，友好的抚摸也不行，金丝猴会误判为人要伤害小金丝猴。非攻击性动物尚且如此呢。

2006年神农架第一场新雪降落的时候，我兴奋不已地寻找雪地上动物的脚印，跟着那些脚印去追赶动物。我有500的变焦镜头，在百米开外能很清晰地拍到动物。也曾去天寒地冻的雪域寻找冻毙的野生动物，漫漫冬季积雪深厚的山沟，一些草食动物因饥寒交加倒在那里。看到被豺掏空肛肠倒毙在雪地的羚羊以后，这种行为被我终止了。

九

又转了几道弯。我的时速在20公里左右，雪花前赴后继地扑向前挡风玻璃。我将雨刷调快。其实这是一场暴雪，只是没有风。各路段都有小树被雪压倒横在路上。

积雪路面下层的冰似乎厚了一些。我用四驱行驶，爬坡没有问题，在紧急转弯的地方，车轮有一点滑。我可怜的客人呢？毫无在雪天狭窄盘山公路行驶经验，这茫茫的暴雪中，该被冻得够呛了。在茶庄里，有火炉烘烤，这茫茫的林海雪原，去哪儿寻一丝温暖？人不留客天留客，我想劝他们留下，等雪停了再出山。我的冰柜里还有三只南京韩复兴盐水鸭、若干牛肉、若干海鱼以及海虾、香菇和重阳菌，山珍海味俱全。

神农架真正壮美的雪景在神农谷。那个地方以前叫巴东垭，后来改名风景垭，再后来改叫神农谷。改地名是现在流行的，改得好听了，却切割了历史。

初来神农架的冬天，我去神农谷拍落日。登上神农谷垭口，恰如打开了一扇窗。白雪皑皑，谷底依坡势而起的巨大石笋冲天簇拥峰立，对面一重重刀片状山脊横贯东西。那些风蚀深切的峡谷，已经历亿万年时间，直让人窒息。我们是多么短暂！西南角横贯天际的山峰，就是巫山。"曾经沧海难为水，除却巫山不是云"，在此向西南眺望，元稹的诗从心中涌出。

巫山山脉连绵起伏，从西南拉出一道漫长曲线。白雪闪亮，一轮巨大的太阳若即将烧熔的圆形铁饼，通红的光芒滚烫沸腾，缓缓向下沉落，微温的红光射向神农谷。此刻，温度大约在零下 15 至 20 摄氏度，我跪在雪地，执着相机，屏住呼吸。当那一轮铁饼似的太阳触及巫山山脊的刹那，唰的一下，铁水泻地。横亘千里的巫山瞬间在天际拉出一道壮美的红线，红云升腾，掩映天地，我按下快门。

我被冻僵，无法伸直腿支起身体。经朋友搀扶起身，走下神农谷垭口回到车上。车启动，吹出热风，才缓过劲来。我跪地的雪下，有几株五脉绿绒蒿——经典的高山垭口植物——每年六月开蓝色花，边上还有几丛开白色花的紫堇。我一直记着雪天的神农谷，雪天有着难以言喻的神奇意境。

十

我觉得奇怪，在盘山路上，转过一道弯又一道弯，已经过了红举林业检查站了，怎么还没有看见客人歪在路边沟里的车呢？雪越下越大，圣洁之雪啊，闪耀着冬天的纯净光芒，我怀疑它足有 2000 流明。

前面有一辆轿车在雪路上蜗行，挡住了去路，我只能缓慢地随行。在一个略陡的坡道上，轿车停了下来。我将车停到路边，走过去。原来是爬坡打滑。是一辆外地车，村里的车手都是疾驰而去。

返回掀起后备厢，拿出铁锹，递给已经下车的年轻司机。男性，二十五六岁的样子，戴着粗黑框眼镜，穿着西服，白底黑帮旅行鞋，我觉得这是标准的书生。只见他将车轮前面的雪铲开，用铁锹刮起路面上的凝冰！我说，铲土撒在轮子前面不是简单多了吗？年轻司机走到路边，轻轻刮开雪，雪底下却依然是水泥路面。我有点急了，从坎子上铲土啊，那上面的土都露在外面啊！他抬起铁锹从坎上铲了一小锹尖土，小心翼翼地堆到轮子前面。三下、五下、又三下、五下，两边轮子前面都堆了些土。我接过铁锹，年轻司机将车开上坡去。

接着往前开，转过一道弯，从左侧窗向下看，绵延起伏的群山高高低低，一片白茫茫的冰雪世界。感觉大雪要将世界淹没，进入冰川期。

地球上，真正的大雪其实只下过三次。6 亿年前的早寒武纪，4.5 亿年前的奥陶纪，和距今 260 万年的第四纪，时间漫长的冰川期。在地球的地质史中，每一次冰川期都造成物种大灭绝，随之新的物种诞生。如果宇宙中有一个人管理星球，那么他似乎一点也不担心地球进入新的冰川期：旧的物种去了，新的物种又来。第四纪冰川期导致大量物种灭绝，却也推进了灵长类

森林中有许多酒

动物的繁盛，打开了人类史的初页。我的意思是，下雪不是可怕的事件，消亡也总是与诞生交替。新的科学研究讨论，有可能因为人类活动导致大量的碳进入大气，推迟了新的冰川期到来。

前面的轿车又抛锚了，停在路中间。我将车开近停下，过去教他新的一招。我说，你可以拔路边的草垫在轮子前面，这样不打滑。年轻司机走到路边拔草。可是，他像采花一样，掐了若干草尖，一一摆在车轮前面。这是什么鬼？哪有这么拔草的！

我转身拿来铁锹，唰唰唰一气铲了十几锹土，撒到车轮前两米多长的路段。然后问他，你是学IT的吧？年轻司机直起身，扶了下眼镜，说，不，我学建筑设计，我爸在九道乡施工，叫我来帮他。

唉，好吧，我转身放好铁锹，上车。划开手机，一串未接电话，还有微信语音：古老师，我们的车开上来了，已经开到209国道了。外面没有下雪，很好走。您请回吧，开慢点，注意安全。我长长舒了一口气，客人安全地走了，我将车调转头往回开。

回程全程下坡。没有了救援任务，车速减慢，悠悠然一路观赏雪景，不觉忆起苏东坡的雪中送客："雪意留君君不住，从此去，少清欢。转头山上转头看。路漫漫，玉花翻。"正是此时心境。

山茫茫，路漫漫，雪花飘飞。2018年的第一场雪，是为记。

自然醒

又睡到自然醒。拿过桌上的手机，看到时间已经过了九点钟。抬头看窗外，太阳悬在森林上，散发暖红的光芒。睡饱了。其实这两三年也没有采用闹钟叫醒，每天六点钟早早醒来，去包好茶叶，拿到外面的路上，等班车带去松柏镇发快递寄走。

心里觉得，早晨六点钟醒来，不算自然醒，似乎心里面有一个闹钟，早早地把人叫醒。身体里面还有一点余困未消，睡得不够足。现在又回归到从前的样子，睡到饱，除非鸟儿站在窗台大声鸣叫把人吵醒过来。

不担心突然来电话，不赶车，不坐地铁，不开会，也没有饭局。睡到九点多钟太阳高照，出门去森林里转一圈。森林的树叶挂着露水，晶莹透亮，被太阳照到的露珠闪着金光。很早就起来的红嘴蓝鹊，拖着长长的尾巴飞来飞去。它像一个梦飞过，落在很高的板栗树上。

雪天的早晨上山，踩着白雪嚓嚓声响。细看，雪粒反射赤红橙蓝的光。树枝上挂着雾凇，千树万树梨花开似的。触撞到树干，雪粉从枝头落下来，掉进衣领，脖子里冰凉。雪地上，可见动物的脚印。小麂在茶山上生活。冬天，小麂在茶林里可晒太阳，又能隐身。常绿的薹草是很好的食粮。我种在茶行里的蕙兰，几乎每一棵都被小麂拦腰吃掉。

白茫茫的雪野，火棘树长着青葱的叶子，叶子间结满红亮的果子。它们只有花椒那么大，红宝石般发亮，味道酸涩微甜，饿慌了能充饥。茶山上的火棘有野生的，也有我移植的。许多鸟在火棘林中聚集，领雀嘴鹎、画眉和噪鹛在啄食火棘果。偏僻些的地方，有成群的红腹锦鸡、单只或一家环颈雉。火棘林可是大中型鸟类的家园。

自然醒的早晨，红日当空照，山脚的雾退上山梁。无风，也不太冷。有点饿的感觉，找到一棵爬满猕猴桃藤的树，轻轻地拨开积雪和落叶，有时能找出几颗落地的猕猴桃。剥开皮，捏着往口里轻轻挤，果肉全部入口，冰甜冰甜的。雪地里的猕猴桃最好吃了。

散淡的农耕日子，读读书，写写字，研究一些美食，睡到自然醒。我也蛮喜欢看积雪的屋瓦，升起一缕蓝炊烟。其实，也不只我一个人悠闲，雪天的鸟类也都缓缓地发出悠长的叫声。

做一个慵懒的人吧。我的与世无争的清苦日子，从每一个自然醒开始。

夜间窗明，寂静的风从屋瓦上走过，发出长一声短一声的感叹。我煮茶的水也烧开了。

没有什么值得特别忆念的日子。是不是没有特别忆念的日子，能有平和与淡然之美呢？就像森林的一棵树，立着，叶生叶落，经过春夏秋冬，现在静静地休眠。

不过，它的自然醒要到春天，一整个冬季，它都在休眠。

骤　冷

　　远山。雪。偶尔的狗叫和白鹡鸰一阵啼鸣。这么些年了，白鹡鸰总衔来空谷回音，天露白光时，在空中飞鸣。听到它的叫声，脑子里跳出唐朝诗人王维的"鸟鸣山更幽"。大自然润泽人的精神，唐诗亦然。

　　自然的经典已经被前人写过了，不止一遍，不止一百遍。即便我起得再早，也只有努力地劳动：挖地，割草，给蔬菜搭棚子。雪断续地下了一个月了，出山的垭口结了好厚的冰，阻绝了出去的念想。

　　雪花飘落。思考早餐要做一顿什么好吃的，新近在练习蜜渍黄鱼子，感觉没有做到最好。买的干黄鱼子，倒入白酒、蜂蜜、洞藏柿子醋、生姜片、涮辣椒，密封腌制；备了一桶甜面酱。

　　静静地观雪。山上、树上、屋瓦顶上和院子里，一色的白，白天，白地。然后，劈柴，燃着炉子。今年添了一种引燃柴炉的物质：提取香薷精油的时候，大量蒸馏过的香薷秆搁在水泥地上晒干，见火即燃。

耗费了大约两个小时做饭吃饭，喝了一点神农露酒。以前很属意富春江畔的严子陵钓鱼台，曾想在那里筑一茅屋，种菜，养鹅，垂钓和操练烹饪技术。现在，找到了山坡下面的龙湖。

院子外的一小块菜地，已经搭好了架子，要去盖上薄膜，包菜秧和胡萝卜已经被冻得停止了生长。吃罢早饭出去，已经是中午。冬天，一天吃两顿，这么短的天，吃三顿太密集了。心里很矛盾，有时候觉得吃饭和睡觉太浪费时间，如果用这些时间来做事，会做成好多事情。有时候觉得，人生的吃饭和睡觉都是享受。没有享受，做事情的意义何在？

雪下着。一朵两朵一亿朵，数不清。去大棚那里拉薄膜。戴上帆布手套，穿着德国毛皮鞋，没有感觉天有多冷。先拉了一块小的薄膜盖到棚子上，返身去拉一块大的薄膜。

山谷吹来一阵风，忽然冷了。

谁说山外出现断崖式降温？我的山里，全冬天都断崖式降温，因为雪就从边上的断崖降下来。拉了一阵子薄膜，心里想着我的包菜、我的白菜、我的胡萝卜……我的寒冬里的菜。心刚要暖起来，使了劲拉，突然打了一个寒战，冷风将我的热量夺去。

终于忍受不住了，转身往屋里跑，跑进厨房兼饭厅，柴炉还燃着。暖融融的柴炉，它是寒冬里忠实的朋友。我的小菜们，你们不能跟着来烤火，明天给你们蒙薄膜吧。明天，明天还有明天。事实上，给小菜们搭棚的计划开始在半年前，一直拖下来，拖到大雪纷飞。

人生就是这样，许多事情拖到不能再拖了，才发力去做。

森林中有许多酒

我是一个"拖人"，且意志薄弱，难以持之以恒地将一件事情做到底。这一场雪刚好将我的弱点暴露出来。即便是这样骤冷的天气，相信也难以把我冻醒，明天说不定又将计划搁置。

烤着火，雪花还在窗外飘，心想冬天什么事也不宜做，坐在炉前，温一壶酒，煮一壶茶，任雪花去飞舞。

神 楚

有大鸟从东方而来,呼啸山林。很多年前,我去房县采访,看到一则资料,称这种鸟就是九头鸟,九个头一齐发声,震荡山谷。隐约觉得,九头鸟应该出自神农架茫茫林海。

一度喜欢一边考察一边对照古代典籍。我去游楠溪江和雁荡山时,便看徐霞客的游记。考察蕲春时遇四流河,去对照《水经注》,果然有四流河。惊异于这样小的流域,《水经注》居然有记载。自来神农架至今,我一直研究神农氏主要在哪个山头或山谷采药,我们红举村的百草冲可能是主要区域。百草冲南部抵野马河,过河可至神农顶,北部绵延至三道沟、九道梁,至今仍是村民采药的首选地。

过去的神农架研究,侧重于南部区域。南部的宜昌是神农架的南大门。我每次进出神农架都经过宜昌。从宜昌溯香溪河而上,悠悠河水令人想到美人王昭君、诗人屈原。香溪河发源于神农架,我走过它的两条支流的源头,云雾里,高山草甸的清泉与溪流一路向南奔流,终汇入长江。因为屈原的《橘颂》,

曾专程去考察了香溪河两岸的橙子。现在的主力橙子叫纽荷尔，母本来自美国加利福尼亚州，由华盛顿脐橙改良，从 1978 年开始引进中国。楚国时代的老品种橙子散落在各山头，味道略显酸涩，已经退出商业种植。中国工程院院士邓秀新教授认为，脐橙以海拔 350 米以下、光照充足的河谷地带生长者为佳。香溪河与长江交汇的河谷正符合这个地理条件，这里诞生过屈原的《橘颂》。

《左传》用"筚路蓝缕，以启山林"，讲述楚子熊绎在荆山的创业。周成王时，周王室为赏赐开国功臣的后代，分封诸侯。其时分侯为公、侯、伯、子、男五等爵号，鬻熊的曾孙熊绎被封第四等爵号，称楚子，居住在荆山一带，国都设在丹阳。

楚国从始到末，共有七都，丹阳、郢都、郡都、鄢都、陈都、巨阳、寿春。楚国在封侯时，只有五十公里国土，在汉江之滨，号称蛮楚，最初只能拿桃木弓、枣木箭进贡周朝。

楚的强盛，史论多关注楚国国政的变革，我认为也与楚国征服南方大地，将大冶青铜冶炼基地收入国域有关。大冶之名从大兴炉冶而得。我初入地质队的时候，参与了大冶铜绿山古矿冶遗址的勘探。据考证，铜绿山古矿冶的冶铜活动始于西周，盛于春秋战国。它在过去的中国冶金史无文字记载，却保留完整的实体，别处的青铜文化有文字记载却无实体，很奇特。

产自大冶的青铜源源不断运往楚都，加工成各种青铜器皿和兵器，令楚国征战无往不胜。那些采矿和冶炼青铜的人，早期是居于鄱阳湖和洞庭湖之间的扬越人，一度使鄂州一带成为扬越经济中心。越人能歌善唱，有《越人歌》："今夕何夕兮，

搴舟中流。今日何日兮，得与王子同舟。蒙羞被好兮，不訾诟
耻。心几顽而不绝兮，得知王子。山有木兮木有枝，心悦君兮
君不知。"

从《越人歌》来研读《楚辞》，大约可以得出一个结论，
屈原的《楚辞》受过扬越文化的影响。设若将《越人歌》放置
《楚辞》之中，今人也不好分辨。《楚辞》代表南方文学的浪漫。
在春秋时代，另一部诗歌总集《诗经》则代表了北方文学的风
格。

屈原出生于湖北秭归，在神农架的南坡山脚。悠长的香溪
河载着高山的清流，也令屈原的笔下呈现《山鬼》的奇诡意境。
神农架另有一条北流河——堵河，是汉江第一大支流。由神农
架汇入堵河的支流有许多，阴峪河、野马河以及大九湖落水孔
泻下的地下暗河、我茶园脚下的周家河，均源源不断注入房县
九道梁，流往丹江口，汇入汉江，如今也经南水北调穿越华北
平原流至北京。

房县有尹吉甫镇，原来叫榔口乡。镇里学校教学生读《诗
经》，咿咿呀呀，意图传承《诗经》文化，盖因《诗经》由尹
吉甫采集，孔子编订，尹吉甫也被誉为中华诗祖。我只去过一
次，而且满脑子装着李四光命名的"青峰断裂带"，以及"四
纪冰川擦痕"。感觉自己对古代典籍颇有轻慢，因而责备自己，
心里只想着岩石、土壤和河流。不过，青峰镇的人称我是第二
个进入此地的作家，第一个是散文家碧野，他写了青峰镇的月
光篝火和成熟的苞谷。青峰镇紧邻尹吉甫镇。

站在神农架原始森林，我一无所有，只有脚下一个地球。

森林中有许多酒

也不去想全世界，心装茶树和玫瑰、我的秦岭、我的大巴山。

《庄子·秋水》记了一件事，庄子在濮水边钓鱼，楚王派了两个大臣找他去楚国任职。庄子手里执着钓竿，悠悠地说，听说贵国有一神龟，死的时候有三千岁。楚王用锦缎将神龟甲壳包上，装进竹箱，珍藏在庙堂之上。你们说这个神龟，是愿意死去留下甲壳显示尊贵呢，还是宁愿活着在泥水里拖着尾巴迈步？大臣说，那当然宁愿拖着尾巴活在泥水里。庄子说，我仍将拖着尾巴活在泥水里。

忽然一乐。

坊间称，神农架为长江和汉江的分水岭，细思不太贴切。汉江也是长江支流，山脚下的武汉有汉口，便是汉江汇入长江的汉江之口。汉江、长江是连着的。以《诗经》在北，《楚辞》在南而观之，神农架是南北文学的分水岭，中间搁着一本《神农本草经》。这样看来，茫茫林海的神农架，也是有文化的。

石槽河

开车去木鱼。

冷硬的冬天仿佛有些柔情，山头的树梢挂上了洁白的雾凇，路边零星开着的神农香菊探出一片金黄，落叶松林给地上铺一层铁锈色红地毯。

公路上车辆稀少，野马河的河水悠悠流淌。野马河是永不封冻的温水河，蒸发量大于普通河流，所以两岸的森林雾凇景象尤其优美。

沿着河流向东，路过刘家屋场时，心里有些感慨。以前住在大龙潭的时候，偶尔会跑到这里消夜。现在这里已经像一个小镇了。天然小镇的形成，是乡村向城市过渡的初始。我在2000年考察黄河的时候，注意到"50公里小镇"现象，即在50公里路程左右，多数地方会诞生一个小镇。鄂西北山地情况有点不同，距离小镇一定距离，又可能诞生一个副小镇，刘家屋场或许会成为一个副小镇。

滑雪场的生意开始了，造雪机隆隆地喷吐白雪花，酒壶坪满山洁白。这里过去被庐陵王（唐中宗）命名为皇界，即房县与兴山的交界处。可惜唐中宗政绩不彰，否则庐陵州会大放异彩。

历史烟云消散，大自然依然欣欣向荣，到此游乐的人年年不同。山不会老，冰雪之下短暂休眠后，春天的海棠花彩云簇簇。酒壶坪的海棠花给我以茶季之美，锦簇云天之态足以铭心刻骨。

我曾想过在酒壶坪之下造一个大酒窖，自己种植玉米，酿酒存放。曹操说："何以解忧，唯有杜康。"少时痴迷这一名言，如今认可时间才是忧愁的化解剂。

经过青天袍，本能地降低车速。前面的一段公路弯曲回环，我在这里撞飞过七根护栏柱：快速急刹，车头左偏，冲向悬崖的那一刹那，心里想，此生结束了吗？好在车子被反弹到右边山上，滑下来卡在沟里。

青天袍最险的一段公路，常有过路车掉进沟里。这一截五百米的路，有什么神秘之处呢？这儿有一座山名叫挖断山，当地居民世代相传，秦始皇统一六国之后，请高人算出天下有三十九条龙脉，每一条龙脉都可能出一个帝王；秦始皇为了天下无人争锋，遂派出人马将龙脉挖断，确保皇权永续；青天袍的这条龙脉也挖过，只是这样的雄险高山，龙脉挖不断，留下的挖断山依然耸立，森林繁茂，云遮雾绕。但是，这里不能将车开到八十公里的时速，有危险。

我通过青天袍这段回环曲折的公路时，车开得很慢。

大自然总是充满难解之谜。神农谷的一百米公路同样神秘，通过那里时会有骤然减速的幻觉。大约在 1687 年，科学家艾萨克·牛顿得出结论，地球的内部一定是由一种致密的物质构成。在了解大自然之前，我内心只有抱持敬畏。

木鱼街头人踪稀落。我曾在木鱼住过好多个年头。木鱼河哗哗南流去，繁花落在岁月里。想在此做一个文学路径的转身，步入全新的自然写作。只有一个梦：在森林的怀抱，活成自然之子。

这次到木鱼镇办理食品经营许可证。办好证件，去派出所对面小吃店吃一碗牛肉面。老板娘说，天冷，我给你多加一点面条，吃饱。小本生意，有人情味。吃罢牛肉面，即开车去官门山看茶园。

由神农顶和韭菜垭的水流汇集的石槽河浅水微澜，裸露的河床巨石横陈，白晃晃地呈现水的流痕。这让我想起罗中立画笔之下的《故乡组曲》，圆润的线条和色块蕴含山河与生命的张力，几欲爆裂，镂刻巴山与巴人的沧桑。官门山在秦巴山脉的一隅，历史上属于兴山，过去叫关门山，从一线天进入。

石槽河啊，它应该是一条著名的河，也是一条被俗世严重忽略的河。石槽河有丰富的纹层状、柱状、半球状、球状和枝状叠层石。站在石槽河畔的茶园中，忍不住要讲讲叠层石，它在地质学界和古生物学界像常识般存在，对于我这种从事写作和种茶的人，却有欲说还休的神秘。

我在 2004 年第一次踏上石槽河畔，沿河观赏珍稀植物。那时候生态移民没有完成，进一线天之前，还有一户人家，门前种有一方水田，齐整的秧苗与周边参差的植被形成自然与人工的交互之美。

徒步石槽河，大约五公里的路程，植物繁茂，湖北枫杨簇拥两岸。在湖北枫杨的间隙，看到红豆杉、小勾儿茶、领春木、珙桐和连香树五种第三纪孑遗植物。这里真的是天下第一的天然野生珍稀植物园。当时就想给连香树写一首诗，它们在河畔构成一个群落。高大的连香树，雌树在河这边，雄树在河那边，隔河相望，枝叶在空中伸展，意欲相握。那时候，我被这些植物催眠，内心产生迷幻之感，以为在此种植一片茶园，将有无限荣光。

植物立在叠层石上，泥炭藓、石韦、狗脊蕨、红豆杉、珙桐、连香树、领春木、小勾儿茶和诸多现代植物林立，交织相拥。一路浏览，如同走过一条时光隧道，从远古到当今，基点是河床上裸露的叠层石和白云岩。

叠层石是由地球最早的海洋生物蓝藻形成的化石。蓝藻在生命活动过程中，将海水中的钙、镁、碳酸盐及其碎屑颗粒黏结、沉淀，形成化石。因季节变化与生长沉淀快慢不同，形成深浅相间的颜色。我喜欢叠层石，常想观赏与抚摸它们，并且为我的茶树长在叠层石上感到自豪。

人类从哪儿来？大自然的万物从哪儿来？在叠层石形成的时候，每平方米的石面上生活着 36 亿个微生物，它们源源不断地释放氧气，大约花了 20 亿年的时间，为地球大气生产了 20% 的氧气。此后万物的生长以及我们人类的诞生，都依靠了这些氧气的支持。现在有哪个物种敢说没有氧气能够活下去呢？所以，叠层石是生命的基石。

石槽河还是跟我初来的时候一样，夏天洪水暴涨，冬天细水悠悠。我请当地居民给我采茶的时候，问他们从前的石槽河是否如此？他们说不是这样，从前石槽河的水很深，水中有大鲵、齐口裂腹鱼、多鳞铲颌鱼和尖头鳅——他们叫尖头鳅为土鱼娃子。后来，一个乡民在石槽河纳入保护区之前炸鱼，炸裂了河底，导致河水渗入地下河流走，平常时间河水就变浅了。

江涛、华媚春在1962年研究石槽河地质构造时，将这里的岩石命名为石槽河群，后改称石槽河组。石槽河被纳入学术视野。自此，关于石槽河的地质、植物、动物、水生物的学术研究源源不断。可以这么说，研究石槽河的各种学术论文，装订成册，一篇一篇地排起来，足以在石槽河岸连成一条论文之路。

可惜，我本来想写一篇石槽河畔种茶的论文，但因懒惰成性，迟迟未曾下笔。或许，将来会写，这样才能够混入石槽河学术群。

现在，我抚摸石槽河茶园的茶树，冬天的太阳明晃晃的，山上照例有麂子的断续吼叫——麂子的叫声被乡民称为麂子吼，他们说，你聋啊，我作麂子吼，你都没有听见。

很久了，十年过去，我的额角都生出几许白发了，而茶树依然青葱。石槽河悠悠，清水流不尽，青山复如初。

山居十年

立冬的风从哪里吹来？树叶黄了，红了，常绿植物的叶子绿着，小河流水瘦成一线。

眺望北方的山，散淡的雾牵挂山梁，山峰愈远愈高。时间变得有些模糊，鸟鸣依然清晰，带点凉意的歌随落叶飘摇。可是，我要感谢那些鸟儿，它们从各个山头飞来，聚到院子和玫瑰园，啄食蔷薇的果实。蔷薇果实红润晶莹，圆圆的，细小饱满。画眉和领雀嘴鹎在枝头雀跃，翅膀剪切下的冬阳，有浮动的微微暖意。

十个年头了，我到神农架。为什么在森林中坚守？果真是为了寻求孤独么？我在遇到"你为什么待在原始森林"这样的提问时，通常简单地回答：我是因为在北京江郎才尽才跑来种地的。深层次的原因确是如此。

在北京整理书稿时，我发现了自己在鄂东南小镇探矿挖铜的时候发表的文章，字里行间夹杂着的怨绵绵不绝，如丝如缕，令我惊讶：读李白过了头，使文字里面的气脉滞阻。后来读我在北京写下的文字，又充盈了如许的怒，怒且不张，仿佛有无尽的憋屈。

想到南方的清水白田、牛吟鹤翔、阳光下金黄的稻谷，乡村的宁静才是灵魂皈依之所。心态的偏颇，促使一直在流浪路途上的我患上获得性焦灼综合征，我这样以为。生命需要一个安静处暂放，需要朗月吟读、金阳劳动的农耕生活。正是在这样的时候，巧遇神农架，茫茫林海，宁静悠远；生态链完整的原始森林山村，溪流潺潺，鸟语花香，野兽鸣叫。我感觉，这才是可以生产文字的地方。

少时受到蕾切尔·卡逊的启蒙，喜爱生态。对生态深入骨髓的喜爱，源于那部《寂静的春天》，它一直矫正我的脚步。所以，在写作《金丝猴部落》之际，便被神农架原始森林的丰厚震慑，它适合用尽全部精力探索。

春秋战国时期的许行说："贤者与民并耕而食。"传说许行依托远古神农氏教民农耕之言，主张种粟而后食，带领门徒数十人，穿粗麻短衣，在江汉间打草织席为生。我倒不是受到许行的影响，却与战国至西汉时的农家学派思想相近。历史不能假设，如果农家学派思想成为主流，而不是独尊儒学，中国可能会是另一番景象。

从文学的路径去梳理脉络，略含一点忧郁色彩的郁达夫的文字最合我的心境，沈从文的影响力最大，我几乎要模仿沈从文著《湘行散记》写作《鄂西组曲》。曾经两度考察恩施州的建始县，那悠悠清江、野三河以及高坪直立人遗址，让我十分向往。沈从文的路线，我几乎走过全程，在走过湘西之后曾准备落足湖南。放弃湖南，是因为想到世界上不会有两个沈从文。

一次在木鱼镇吃早餐的时候，遇到三峡大学陈发菊教授，我对她说起喜欢生态，但是现在开始生态写作晚了。她却说，正是时候啊，早了你也理解不了。陈发菊教授的话令我震惊了一下，如同当年读到《寂静的春天》，我觉得不能再犹豫。

当时我认为这是人生的一次豪赌，放弃北京的一切机会，从原始森林研究生态重新出发。起念落足神农架的时候，我在北京开了十几场讨论会。一次，费孝通关门弟子徐平博士说，他在写博士论文的时候，回故乡四川大凉山进行农耕实验，带上全部积蓄七万元、导师费孝通赞助的一万元，一共八万元开发农业；八万元花光了，只收获了论文，其他无收益。徐平博士的经历，对我有很大的警示作用。我后来的农耕一律亲力亲为，至今剪枝和炒茶都是我亲自操作。

现在常想起的人物已经不是文学人物，除了特别艰困的时候会想一想海明威笔下的圣地亚哥。我常想到和关注的人物有赛普·霍尔泽，他开创朴门农艺，著有《朴门农艺》。赛普·霍尔泽先生花了四十多年，将位于奥地利阿尔卑斯山区之隆高（Lungau）地区的家族农场改造成一座"生态天堂"，其中包括多个鱼池，约一万棵果树、灌木、藤类，还有蔬菜和香草。他在这片海拔1500米的土地上自给自足，生产品质最好的鱼类、水果、坚果、蔬菜、猪肉、家禽，无须进行人工灌溉、施肥、除草和除虫。

另外一位是不爱江山爱农耕的英国查尔斯王子，他的农庄是世界名流的必访之地，出品的"公爵原味"食品，现在已经是著名品牌了。我们的起点大不相同,他挟英国王室的资源优势。但是,我却有机会推出最好的茶叶,以及记录农耕生活的文字。

接下来是日本琉球大学比嘉昭夫教授,他发明了 EM 菌,写作了《拯救地球大变革》,揭示未来农业将进入微生物时代。我前年开始使用 EM 菌,改良土壤和处理腐殖质,培养酵素。

我的耕读生活比过去的人生丰富了无数倍。英国思想家柏林说:"生活在表层。"我的表层生活即是一个茶农,同时种植玫瑰和制作花露。如今,我重新开启写作事业,文字中去怨除怒,从容淡泊,亦不再患得患失,原始森林真的可以依托诸多。

如何形容人生路径存在的弯度,我觉得爱因斯坦的一个实验十分有趣:引力会使光线弯曲。光线的直毋庸置疑,可是在引力的作用下它也能弯曲。我个人的"引力"是生态,我将慢慢研究下去,呼吸这一片山水,以文字凝固此间的心境。

森林中有许多酒

第二辑

我是一个
道地的山民

住在森林环绕的红举峡谷，地老天荒的感觉产生很久了。很久没进城，很久没见朋友，很久没坐地铁，很久没参加什么会。

　　很久了，我是一个道地的山民。

很 久

从前问朋友，很远有多远？如今常问自己，很久有多久？

在森林中，不太关心年月日，特别是星期，这里没有叫作周末的时间。山民们忙忙碌碌，在地里弄庄稼。他们把庄稼地叫成"坡上"，即使是河滩边上平坦的庄稼地。这是很久留传下来的习惯吧，山里大多数都是坡地。有时我去村里找人，见门锁了，旁人往河边一指：人不在家，在坡上干活呢。

山民如果没有在坡上干活，就是在山上挖药。这些年主要挖重楼——通常叫七叶一枝花，神农架的地方土名叫海螺七——顺带也挖天麻、党参，或者捡些野生菇子。

山民如果没在坡上，也没去挖药，仨俩结队，穿着整齐干净，那就是去走人家了。村里红白喜事、乔迁祝寿摆筵席，通常全村人都要到场，从早晨吃到晚上，叫作流水席。先来的吃罢走了，后来的接着吃。这样的大席，我一次也没有去，一开了头，后面就没有终止。几十上百人拿十分辣的自酿苞谷酒来敬酒，人必喝瘫在地。

山里所有的习俗，都很久了。近几年，客人不再自带五千响鞭炮到酒宴的场地放了，这缘于硬性的防火规定加山民的自觉。说实话，这里放个榴弹炮，外边也听不到。村里人散居在有九十八平方公里的山地上，有的地方，好几座山头住一户人家。

山民仍使用阴历，办事和出门选黄道吉日。村里班车要么没人坐，要么人很多，这要看这一天是不是黄道吉日。城里周末路上的车会很少，这里不同。跟山民打交道，经常要换算阴历阳历。其实我也是个山民，只是他们不太认同罢了。

城里人大多喜欢聊点未来，人工智能什么的。在村里聊什么事，都能归于"很久"，这规矩很久以来就定了：河在很久以前水很大，有很多鱼，有种红尾巴鱼，肉嫩味鲜呀，自从修公路破了山上的湖，水就小了，鱼也没了；你家院子外面那座山上，很久以前有两只老虎住在那里，现在没了；很久以前，很久以前，村里有一座庙，香火很旺，后来没有了……

在"很久"的语境里，我慢慢地沉入其中，回北京时会怀疑自己曾在这座城市工作过。很久了，往事如烟，只有森林恒定如初。我来的时候长成这个样子，现在依然是这个样子。那些绵延的山脊很久都不变，山雾也没变。巡茶山的时候，茶树很久都是那个样子，山顶的松树很久也没有变。天很久也是那样蓝，云很久也是那样白。

住在森林环绕的红举峡谷，地老天荒的感觉产生很久了。很久没进城，很久没见朋友，很久没坐地铁，很久没参加什么会。很久了，我是一个道地的山民。

森林中有许多酒

红举村

一

我在梭罗的《瓦尔登湖》读到，这位先贤在一个下午蹲在地上观察两队蚂蚁的大战：一队红蚂蚁，一队黑蚂蚁，战况空前激烈，地上一片毙命的蚂蚁，活着和受伤的蚂蚁依然战斗不止。它们是为了食物还是为了领地而战？多数动物之间的战斗，都起于这两方面的争夺。人类的历史长河中，许多战争也是如此。

直到后来阅读爱德华·威尔逊在150年后写给梭罗的一封信，才了解到这场蚂蚁战争的真相。爱德华·威尔逊被誉为"达尔文之后博物学家的绝响"。从北京来神农架森林，我随身带了两本书，一本克利福德·格尔茨的《文化的解释》，这本书被《出版家周刊》评为"有助于为整个一代人类学家界定其领域的终极目的"；另一本就是爱德华·威尔逊的《社会生物学》。

爱德华·威尔逊给梭罗的信中写道，那其实是一场奴隶掠夺战。奴隶贩子是红蚂蚁，学名很可能叫作亚全山蚁，受害者是黑蚂蚁，学名应该是亚丝山蚁。红蚂蚁去劫掠黑蚂蚁的幼儿，说得更准确些，是去掠夺它们尚未孵化的茧或蛹。这些幼虫遭绑架后，便在红蚂蚁窝完成剩余的发育过程，最后变为成年的工蚁。然而，由于它们本能地会接受生平中遇到的第一批工蚁作为同伴，因此便会自愿被红蚂蚁群奴役。

自然是一部大书，阅读它必须置身于自然。我没有能力获取爱德华·威尔逊那样渊博的生物学知识，对动物和植物的观察限于它们的生态和行为，无法进入它们的社会内部，精确地了解它们的族群。

到红举村已经很久了，大多数时间待在茶园，在这里劳动，管理茶园和炒制茶叶。此外，开辟了两块玫瑰园。这些地方都是我观察动植物的平台。

整理茶园的时候，发现了一堆麂粪。小麂往往在固定的地方排便，我可以确定，有小麂以茶园为家。的确，我偶尔会在无意中打扰它们。

有一次，在玫瑰园割艾蒿，发现一个棕头鸦雀精致的小巢。它建在艾蒿三根枝条的分杈处。失去了屏障的鸟巢，在微风中摇动。连说三声对不起，担心巢中那四个小小的鸟蛋。

二

茶园在红举村。

从前红举是一个乡，撤乡之后降为行政村，下面有许多个自然村落。我住的地方叫漆园，还有苦桃园、莲花村、蛟湾、陈家湾和三道沟等——原谅我这么多年也没有走完全部的村落。

茫茫林海中，红举是一个大村。初来时不觉村子有多大，只看到村委会和原乡政府附近有相对聚集的农户。后来了解到，村子面积有九十八平方公里，与十堰市房县九道乡接壤，位于神农架西北最边缘的地带。在神农架林区，这里是道路的尽头。

村子到底有多少座山无法统计，目光所及，是无数的原始森林和次生林。从海拔 800 米到海拔 2000 米，人们散居在神农架的北坡。我的居住地海拔 1200 米。有时候，我这里下雨，海拔 1700 米的百草冲已经下雪了，一片白茫茫。一个村子之内，常有相差一个季节之感。

百草冲以北的岔路口一带，植物最为丰富。春天和夏天，我经常开车去那里拍植物。这个垭口生长有许多的大卫氏马先蒿。马先蒿是半寄生植物，花朵漂亮，对生境要求十分苛刻。那里，长达一公里的林缘密集生长马先蒿，开成一条马先蒿花带。其他如紫斑风铃草、华北耧斗菜、长翼凤仙花也都开出各自的颜色。

村子低海拔的北坡，是火棘和野菊花的世界。老鹰常在这一带群集，它们往往于秋末冬初从远方归来。茶园对面的山上，也有老鹰和鹞子定居。它们都来院子里捕过鸡。有一次，听到鸡子的惊叫，我冲出门去。老鹰躲到葡萄架下面，趁我不留意的时候飞走。

村子有许多条河。我的住处旁边的河发源于漆园，由数条山涧汇集而成，卫星定位系统称它为周家河。因为有地下泉的缘故，河段常年不干，给我观察拉氏鲅和尖头鲅创造了条件。这一片小小的水域给了我无尽的快乐。

小河向北流下去，约五百米汇入蛟湾流下来的河水，河床变大，河面宽阔；再向下五百米，汇入邓家沟流下来的河水，再扩大；又五百米汇入小沟的河水，再往下就有水电站了。过去，这里原本是一条大河，宽约五十米，修建公路破了堰塞湖，导致水量减少。村里人说，在大河的时代，河里有大鱼，河边种红米水稻，两岸长着桃树。想象那时候的情景，让我想到桃花源。

多数村民散居在各自的山头，门前或者屋后均有一块坡地。他们说到"坡上"干活，不像平原的农民说到地里或田里干活。他们世世代代守着一块坡地，过着半农耕半采集的日子。跟其他地区一样，青年男女都外出到城市打工，只在过年或者夏季天热的时候回到山里。过年的时候，村里空旷的公路上突然跑着许多车，挂着广东、浙江、山东、辽宁、新疆等各地车牌。

的确，这里是真正的山村。第一次来红举村时，公路两旁的核桃树结满核桃，以致粗壮的树枝难以承受，须用木头支撑起来；河边大片的平地上，川乌开着蓝色的花。我内心一阵欢呼，这是普罗旺斯呀！几年后，从东京飞来的莫邦富先生站在茶园望着远山说，你得把这里写成普罗旺斯。文人常有同感，面对深山里的神秘世界。

森林中有许多酒

三

红举是外界通往巫咸国（即当今重庆巫溪）的重要通道。

一条盐道贯穿红举村。村里八十岁上下的男人，从前都去大宁场背过盐。

神农架的茫茫林海，有两个盐道上的集镇：木鱼镇西南的千家坪，红举村东面的三道沟。千家坪之大，号称千家居户，在原始森林当中，自然是了不得。据传，千家坪在一场自然灾害之后，仅剩下一块刻有"嘉庆年"的石碑。三道沟也衰落了，人们在开通公路之后，纷纷迁往公路两边的山头。我怀疑，交通路线的改变，才改变了人们的集居点。恩施建始的野三河码头，一样满布苍凉。

大宁场在重庆的巫溪。传说一个猎人追赶一只白鹿，追到一口泉眼的时候，白鹿失踪了。饥渴的猎人俯身喝一口泉水，咸的，遂发现了盐泉。大宁场的盐业历史长达五千年，兴起于先秦。巴国以立，有盐惠泽。想到河洛地区的中原文明，那里有运城盐池；而再往北呢，蒙古浩瀚的草原有二连浩特盐池。

巫咸国，这个紧邻神农架的巴人小国，曾经有过富饶和安宁的生活，号称"一泉流白玉，万里走黄金"。在那遥远的岁月，盐对于内陆人的生活至关重要。

初来红举村的时候，我以为古盐道只是一条通盐的商道，没想到原来它是一条商道兼民生运盐之道。村里人大概每三年下大宁场背一次盐，晚期的盐价为三斗玉米换一斤盐。玉米，那时候是大山中的主食。我们村的中年人，年幼时的主食还是玉米。

红举村各山头的人户，呈带状分散在古盐道上。民国以前，森林都是无主土地，来者自由开发。人们选择山头的前提是有水源，有一块相对平坦的土地。

世事沧桑，时间覆盖许多。几年前，我跟村里人说，趁着老年人健在，你们整理出村史，我来帮忙润色。这件事没有引起重视，稍有可惜。大前年，一位百岁的小脚老人去世，我不由叹息，许多的历史记忆被埋入了土壤。

四

红举村的姓氏相当丰富，几乎能凑齐半本《百家姓》。

神农架的大移民据说发生在明末清初，那是一个动荡的时代。大约也是在那个时代，玉米和土豆等山地旱作物传入中国，让山地生存变得容易多了。

我们村的人，多从四川迁入。

乡民说，红举三道沟的远望寺地形高，站在那里可以望见成都。我心中一动，在湖北的境内，为什么不是望见武昌？清代叶名澧《桥西杂记》记载，洞庭湖之南的学子要考进士，必须乘船通过烟波浩渺的湖水，抵达武昌。那遥远的历史中，有多少饱读经书的秀才在洞庭湖不幸遭遇狂风巨浪，葬身鱼腹。

想来，村人的故乡在四川，他们的心中只有成都。

村里人都善良朴实。日出而作，日落而息。

年长的人说话，我听不大懂，他们的方言里有部分古汉语。比如说我发现树上有一个大胡蜂巢，他们说：我来视视。我吓了一跳，那种胡蜂叮人足以毙命，怎么敢试试？他们对植物的称呼令我摸不着边际，海棠树叫扎布钉，猕猴桃叫羊桃，香椿芽叫春天。

年轻人较好沟通。这里的年轻人也都是三十岁以上了。有的人有孩子或老人在家，也有人从外面回来创业，办家庭农场。

红举村有一个地方叫作举人坪，古代出过举人。崇山峻岭，茫茫林海，出举人不易，我认为这里是耕读之地。而且向北就是尹吉甫的故乡房县，唐代称房陵州。尹吉甫是《诗经》的主要采集者、编纂者。

人们多熟悉屈原，往往遗忘早屈原四百年的尹吉甫。神农架南有屈原，北有尹吉甫，又传说是华夏始祖神农氏尝百草的地方，历史人文气息厚重。诚然，待在历史名人出没的地方不一定能成就事业，但先贤出此，却可以提升士气。

举人坪的确有书香文脉承传。我来时就有学子获神农架林区高考第一名。蛟湾有一对哑巴夫妇，种植土豆和养猪，供儿子考上大学。他们家的房屋建在一座断崖之上，近看有两道大峡谷，远眺群山连绵，很像八大山人的画。两口子种土豆和玉米，经常被野猪骚扰。

五

我在 2013 年去红坪镇申请开通网络的时候，村里尚没有互联网。我跟电信负责人说，我开通网络以后，能帮你带动村里人开通。他却说，你们红举村能上网的人都进城了。

我听林区大数据中心主任段全恩的建议，在院子里安装了一台穿透力强的路由器，不设密码，引得一些年轻人在外面拿手机上网。后来大家陆续申请开通了网络，这两年已经没有人站在路边上网了。村里的儿童率先玩网络游戏和网购，买他们喜欢的服装、鞋子和书包。

村里有些领域与外界同步。我建了一个采茶采花微信群，要采茶时，在群里通知一声就行了。过去，给农友开工钱，必须开车去镇上柜员机取钱，现在一律用微信支付，去村里小卖部购物也用微信支付。抖音流行以后，村里的大妈们在抖音里载歌载舞。年轻人更喜欢用抖音宣传他们种植的土豆和天麻。

山中日月转，人生无定式。村里人进入互联网时代，同时也看老皇历。盖房，迁居和婚嫁，或者去买一个大件的家电，小至买一个猪娃，都要查黄道吉日。他们遵守着世世代代传下的老习俗，办喜事时，看帖子去"赶情"。办丧事则不用通知，无论亲疏，生前是否有积怨，全村人一律都去，守夜，喝酒，打麻将和唱山歌。

红举村依然保留着巫文化的影响，唱的歌听不懂，音调高，特别是那送别亲人的丧歌，可以把人引入悠远的岁月。

六

村小学传来琅琅读书声。墙根，中老年农民坐着晒太阳闲聊。

山川依然在，新人多外出。农村孩子读书都为了不务农，农业人口的老龄化抵达高峰。这样的情形，全世界相同。

比较起来，红举村的村人还略微年轻一些。而且，他们登山和爬树的能力过人，春季去挖海螺七（七叶一枝花）时，一天能翻几座山，越几道峡。

村里人的采集活动，除了捡板栗，就是挖药材。他们熟悉许多野生植物，也养成小病自己挖药治疗的习惯。除了种药材，他们还种土豆、玉米、红薯和萝卜，多数用来喂猪。腊月里杀猪熏腊肉，全年都用腊肉炒菜。牛羊在夏季送到高山，让它们在山上自由生活，到冬季再赶回来。

现在，红举的主打产品进入生态种植了，却非完全主动，因为种天麻不能施农药也不能上化肥。天麻的种植给村里人带来收获，幸运的人家一年有二十万元的收入，也有运气不好的人家赔了大钱。农业生产的投资近乎押注，今年有人在被问到收益时说，卖了天麻大哭一场。据说他赔了十几万。全世界的国家都补贴农业，大概是因为农业赢利太难了。

我也同样谨慎，不敢贸然扩大生产。市场的不确定因素太多了，稍有不慎，前面的收益全部赔了进去。这个世界上，维系人类生存的粮食和蔬果，都由最贫困的群体投入生产，每一个人都是生产者，也是自家产品销售的商贩。

不过，村子一直在朝着好的方向前进，没有止步。我来红举村时，村里只有一部小车，现在许多家庭的晒场上都停着轿车、越野车和皮卡，农用车和三轮车则几乎覆盖所有家庭。

我暗暗希望红举村的乡村度假能够发展起来，这里有丰厚的自然遗产和人文积淀。在有月光的夏夜里，盖着棉被躺在床上，一边听着山梁上野兽的吼叫，一边在网络上与远方的朋友聊天；白天，跟农友一块儿去挖药材或到地里耕作，观赏森林的野花野果——闻花识鸟，也是一乐。

河畔那片蓝色花

　　我在大龙潭考察金丝猴的时候，开始观察神农架植物。从金丝猴基地到观音洞四公里长的泥石路上，生长有许多我不认识的花草。这里阳光明媚，空气清新，能见度高，植物花朵显露的鲜艳超出想象。站在花朵中间，芬芳四溢，世界宁静。偶尔飞来一只蜜蜂，在一朵花上逗留片刻又飞走。阳光被花朵濡染，五颜六色。

　　不要太沉醉，鲜花之间有野猪、羚羊和熊的脚印。晚上一度做噩梦，被一头公熊狂追，我只得从山上滚下去——野兽上山快下山慢，尤其是熊。从山上滚下去，人就醒了，在森林中半夜睡不着也是很难受的。

　　蓝颜色的乌头花有一种低调的娇艳。在阳光下，蓝花瓣被照耀通透。脑海跳出"妖娆"二字。它的花语是"致命的诱惑"，因为它有剧毒。传说华佗为关羽刮骨疗毒的故事中，关羽所中毒箭的毒即乌头毒。

　　红举村种的川乌头叶子分裂，似益母草，颜色较益母草深。

开花的时候，我认出了它们，兴奋之至，河边有那么大一片川乌。

红举原是药材之乡。或者可以说，神农架北坡，直到房县、竹山和竹溪，均为药材之乡。我对药材怀有敬畏之心，人类需要，却风险巨大。我叔叔开药铺的时候，有一次称错药，将细辛三厘给称了三分，想起来后脸色泛白，拿着手电筒连夜翻过几座大山将药追回。他说，细辛性烈，量大要出人命。客家人有许多禁忌，平常忌谈药字。

看到村里人种乌头的时候，我跟他们开玩笑，种川乌啊，挖的时候卖些给我，我要用乌头炖排骨汤。种川乌人听了哈哈大笑，说，老板过得那么好，吃乌头是不行的。

那一年种川乌的人不太多，一些人家小规模地种。我查陕西西安药市、河北安国药市和安徽亳州药市，均称乌头拥有小众市场，需求稳定，波动较小。药商来红举收购川乌，报价三到四元一斤。

过了一年，川乌价格上扬，大约六元一斤。村里种川乌的人家多起来了。来我茶园干活的农友，常要去帮人种川乌。村里一直保持换工的规矩，播种收割，或盖房迁居等，凡需要人手的时候，都采取换工的模式，集结多人干活。

川乌行情看好，各路药商纷至沓来，一时发生抢购，常见用油布盖着车斗的皮卡载着川乌向村外公路驶去。村里的兼职商人也去各个山头收购川乌。似乎到处都在谈论川乌。

种川乌发财的故事开始传播。赚到一两万的，听说马正兵赚到五万元。马正兵一直种药材，是村里经验丰富的药农。但还是有人观望，观望的人说，"药疯子"又来了。药疯子？这个词有内涵。仔细打听，指价格忽高忽低，无法预判。

记得陈光翠在茶庄干活的时候接了一个电话，说，请个假，我要去挖川乌卖，活的川乌六元钱一斤。待她卖过川乌，又涨到八元一斤。先卖的有些后悔，这还不是最高价，随后又有十元一斤、十二元一斤，统货。我好奇地去看卖川乌，几辆外地牌照的车停在路边，一些陌生面孔吸着香烟，不时大声催促。川乌沾着泥巴堆在地中间，便被药商买了。装袋过秤，快速搬上车，付过钱，驾车扬长而去。一时间，川乌的行情空前。

挖过川乌的土地赤裸在空气中，太阳照在那些没种川乌的玉米地上，玉米秸秆显得有气无力。它们群集而立，一群孤独的庄稼。山中的玉米售价一元一斤，不卖了，收回做猪和鸡的饲料，或者自家酿酒。

这一年，全村人统一了方向，那些种川乌的地种川乌，种玉米、土豆和红薯的地也一律种川乌。在地里的人种川乌，在路上的人背着川乌种子，还有人开着皮卡从外面买回川乌种子以及肥料。全村都沉浸在种川乌的忙碌氛围，一改过去在地里悠悠耕作的姿态，全部上足了劲。

天色朦胧，山梁和地面上笼罩着晨雾。公鸡啼鸣。河边的土地上，隐约有些人影；出门散步，看到漆园山梁上雾中人影移动，他们都是川乌种植者。近前细看，太阳在大山背后尚未露脸，有人已经戴上草帽。

微耕机突突响起，旋耕轮的钢片将土壤旋起打碎，后面跟着男人握锄掏沟。男人后面，一个妇人左手执竹畚箕左缘，将右缘卡在腰上，里面装着川乌的根块种子，一块一块均匀地抛入新掘的泥沟。后面又有一个男人拿锄头扒土，将川乌种块覆盖。地头上，摆着热水瓶、水杯和泡面。播种繁忙的时候，农友不回家吃饭，中午坐在地头吃泡面。

再往前走，见有夫妇二人种川乌。男人执锄在前，女人播种在后，配合娴熟，许久都不说话，土地一样沉默。也有的地上，孤零零一个人种植。前面已经请人耕好地掘好沟，一个人缓慢地将川乌种块抛到泥里，拿锄头覆土。

这个时候在山间走动，路上空荡荡，家家户户锁门，只有受惊扰的狗子跳起来激动地狂吠不止，鸡子拍翅向山坡上逃窜。这样的情景持续了半个多月，让我见识到真正的农忙。记得谭远香来茶庄挑茶，累得走路没了往时的风风火火，极爱整洁的她，头发有些凌乱，她说种川乌把人累趴了。

纵然累得没了力气，人们依然在谈论川乌。见面询问种了多少斤，或者种了几亩地。问到种植面积大的人，会说，不得了，收了能搞到二十万。前一茬收成，听说有人赚到十八万，这收入太刺激人。村子里收入最高和收入最低的人常被议论。但是，人都看着大赚的，赔本的只说运气不好。韩玉宝就不种川乌了，问他怎么不种，他摇摇头说，上一回八千块种子钱都没有赚回来。其实，他那时在做施工监理。

极少数人没种川乌，不影响大伙的热情。有人路过门口，指着我种玫瑰的地说，古老师，你怎么不种川乌？大伙都种，这块地种川乌保证能赚十万块！我没想过种川乌，以前种过板蓝根和桔梗，还有黄芪。不过，我是当观赏植物和蔬菜来种的。

森林中有许多酒

川乌出苗，抽茎，笔挺地向上长。人们在烈日下锄草，间苗。川乌有毒，鸟兽禽畜都不吃，这方面可以省心。河边土地上的川乌绿油油，一片接着一片，顶端开的蓝色花绵延数公里。开车去很远的百台峡山上，到袁堂玉家割蜂蜜，那边山上都种了川乌。开车去蛟湾，森林中的地块，山上人家的门前，绿秆上蓝蓝的一片。那种蓝，是宝石蓝，阳光照耀下的妖艳，凝着农友劳作的艰辛。

开挖川乌的季节来临，天气忽晴忽阴。人们的心情与天气一样，忽好忽坏。担心地下的川乌长得不好，连作土地的川乌有的会烂根；最担心的自然是价格，行情一糟，一年白搞。

挖川乌与种川乌的情形相似。先陆续割了川乌地面上的苗，呈现大片裸露的土地，请的人一字排开往前挖。人多的地方，有人呼叫一两声，有人唱山歌。这些挖川乌的人中，部分是花钱雇工，部分换工互助。雇工计量，挖得快，一直挖在换工者的前面。每挖一斤，主家支付七角钱。

土地又变得空荡荡，有些鸡跑到土里寻找新泥中的虫子吃，狗子跟在后面摇尾。川乌被运到各家门前的晒场上摊晒。晒场上晒不完的，摊在屋檐下的水泥地上，围屋子一圈。

收川乌的药商来了，开着中型卡车和皮卡。村里人久久地盼望，围拢去交谈。随着交谈，村里人的脸色凝重起来，川乌的价格远远低于大家的想象，霎时间唉声叹气一片。川乌收购价直落到二元五角！

曹芳兰在茶庄闷头挑茶，一言不发，面凝悲色，我感觉她随时可能哭出来。那种难受，那种苦楚，导致她拿镊子挑茶叶的手在发抖。下班之前，她愤愤地说了一句，我家川乌不卖了，种回地里去。我劝她还是卖了吧，川乌不能吃，别处也不要，卖点少亏一点。她是一个本分人，性格刚直，倔强地说，不卖，种回去！据说，她真的不卖了，还种到地里去。我明白她的心境，这一年的种植收获为零，种子钱、肥料钱以及工钱白扔了；想到这个结果时，心里在滴血，回到家里，会坐在灶台前痛哭吧？我的辛劳的农友们，他们已经不止一次有这样的遭遇，大丰收带来大悲情。

世间只道农民苦，农民穷，真实的农民哭泣世间听不见。我一直忘不了那一年，河畔那一片蓝色花。

云是我的心情

　　早晨刮起了东北风。立冬前已经起过一次大风，感觉是从北方吹来的风，东北或西北没太注意。那场大风吹掉了很多的叶子，板栗树黄到褐色的叶子被吹落，给森林添了一种入冬的残缺之美。

　　天上的浮云从西南方向疾速推进。根据历年的观察，红举峡谷的天象如此：天上西南风强劲，地面上却是东北风。这里真的是一个小气候带，许多干旱的日子，周边的山上大雨滂沱，红举峡谷却有云隙射入的阳光，植物依然垂头丧气。

　　有云，峡谷里面显得有些暗淡，南部山头上的落叶松光芒骤失。往日晴朗天气，下午三点钟时，那一片山梁金光灿烂。我有时候想走近它，走近却失去了它的辉煌，原来在我的楼上观看为最佳距离。

　　观天象是农耕必修课。今天早晨起风时，还有些许阳光，呈疲惫态，跟我在入冬时的心境相印。下午阳光没有了，持续的东北风吹拂，细察，森林沙沙声里落叶飘浮。山梁上一派萧瑟景象，萧瑟最能击痛我潜入忧境的心。抬头看，疾速向东北方向推移的积雨云不可阻挡，它势必带来两个降雨的日子。

然而，从审美的角度观照，积雨云的美学价值最低。它还是白云，白得有些暗淡，像洁白的瓷器蒙尘，或者是历经氧化的白棉花。看浓积云，那一团白悬浮在蓝天上，森林被阳光镀亮叶子，鸟儿鸣翠；或者絮状高积云，蓝天上棉花朵朵，微风摇动月季，心情归复宁静。

站在红举峡谷，能刺激我举起手机拍照的，卷轴云列第一位。它是一卷长云，从西面山脊上出现，由西向东滚动，像我滚动摊茶叶的竹席。它白而长，仿佛能碾轧整个长峡，从蓝天滚卷而过，遇到碎小云絮，卷挟而去；似一根絮状白轴，滚过东面山脊之后，天空如一面蓝镜，净无云絮。

云是我的心情。夏天，积雨云被渴望的日子，森林已经让炽烈阳光烤灼至焦。有些壳斗科栎属树木的叶子变得枯黄。积雨云迟迟不来，心生怨艾，或者叹息。这种日子，连采茶都必须选择早上，午后茶树的嫩梢垂头，给采摘带来困扰。

萧瑟的冬景，在白雪降临之前，令我的心情低沉。有些小小的叹息莫名而来，似乎要填补叶子落尽的空间。照例，我会喝一杯高度白酒，让液体的火在胸中燃烧，借此热力，鼓起重新起航的勇气。我渴望明年的新茶季，它是我征服无数味蕾的战场。春天的心里有无限多的战马嘶啸。

眼前的萧瑟景象里，有许多植物正在萌芽，蒲公英已经长成一大簇了，牛膝菊展开冬季的生长，紫花地丁吐出嫩绿的小叶。我的茶树，我最亲密的伙伴，根部在蓄足养分准备出发。我在

森林中有许多酒

冬天，在散淡和寒冷侵袭的时间，仔细打量裸体的大山，打量它雄壮的肌肤和岩石的骨骼。我的心境，像卷积云铺排天空。

一个梦醒来，凌晨三点的时候，我起床站到露台，开启强光电筒照射森林，果然降雨了。它对我的萝卜和香菇生长有利。原准备种一批大蒜，因为一些琐事耽搁，不过，再过几天也能种植。还要撒些白菜籽，让它们自然生长，冬去春来，它们能做我的食物，也是鸡子和鹅的食物。一个农民的思想，总是搁在播种的时机。待到天亮时，山雀子或许会衔来几丝清凉，以明脆的啼叫宣示度过寒冬的誓语。

一年又快没有了，剩下天空的一片云。

种香菇

板栗树的叶子落光了，盐肤木的叶子红艳地挂在枝上，橡子树的黄叶至少有一半还在。

初冬的森林有些寂寥。昨天飞来飞去的红嘴蓝鹊也没有出现。村民们这些天挖天麻进入尾声。狗子晒着太阳，一两个小时也不叫一声，路上半天没有人影。偶尔有卖百货的小卡车用喇叭放着叫卖声开过，很重的方言，听不大清，车上凡乡间日用品都有，这是现代货郎了。

去给鹅找青草，发现屋檐下的香菇棒子上，有些香菇已经开伞了，转身去拿大笤箕摘香菇。

大前年或者更早一点，蛟湾拓宽公路，我买了一批树，点上菌种。去年，香菇进入丰产期，今年已经摘过两轮。前天和昨天，下过毛毛雨，香菇遇到雨水生长发力，一不留神长大了。

起初，对种香菇感到有些神秘，如何让那些木头长出蘑菇来呢？我看到很多人家把一些木头棒子码在屋子边的树荫下，随时去摘香菇炒菜吃，吃不了的搁在簸箕里架起来晒。

种香菇之前，读了许多论文，然后询问种过香菇的村民。将专业理论与村民实际经验合起来思考，这是我从事农耕采用的办法。有些品种村民也没有种过，只好研究过文献之后自己摸索。比如大球盖菇，它是欧洲培育和流行的菇类，村民没有见过，我种成功了。

　　种香菇有两种方法，一种直接在木头上点菌种，坊间称椴木菇。我觉得应该是"段木"，截断木头在上面点菌育菇。椴木是一种树，它确实可以培育香菇，但村民多用橡子树、桦树和板栗树。另一种是将木头粉碎，混合其他一些物质和菌种装进塑料袋育菇，称袋料菇。

　　我对袋料培育的香菇不以为然。种椴木菇，要在冬天树浆收缩时，选取十几厘米粗的木头，砍下来，打孔点上香菇菌种；菌丝在里面走透，木头变白，全部爬满菌丝；适宜的温度和湿度下，菌丝扭结出菇。粗大的木头，菌丝难以走透，到走透时，树皮开始脱落；脱落了树皮，又不长香菇了。

　　针叶树不长香菇，阔叶树都能长香菇。现在有一项新技术，将树枝装进塑料袋，放入菌种，待菌种走透树枝后，塑料袋打孔，也能长出香菇。较过去的袋料菇种法，省下粉碎树枝的工序，长香菇的时间延长，产量增加。

　　菌丝会睡觉，木头里面的菌丝走透，未必立即长香菇，要对木头敲击震动，才会很快长出。朴门农艺的主人赛普·霍尔泽开始创业时，依靠种蘑菇获取利润。蘑菇久久不出，气得他将点过菌种的木头装车，拉到河滩全部扔了。过了一段时间，他忍不住跑到河滩上看了一眼，惊呆了，那些扔掉的木棒长满蘑菇。他想，装车运输一路颠簸，把菌丝震醒了，河滩又有潮气，两个因素促成蘑菇的生长。传说浙江庆元很早就开始种香菇，点了菌种老不见出菇，农夫气得用长烟杆敲打木头，香菇长出来了。我摘香菇时，随手带一把锤子，有香菇和没香菇的木头都敲敲，唤醒那些贪睡的家伙。

我觉得对于香菇的品质，菌种第一重要。香菇的菌种分高、中、低温三种，我选用低温菌种，秋末冬初和冬末春初出香菇，可称冬菇。冬天的低温香菇生长慢一些，连续出香菇的时间也短，下雪就不出了。可是香菇品质好，也没有虫子，令人讨厌的蛞蝓也不见了。

这是一个小小的秘密。有一年朋友煲汤，分别用了邻村的香菇及我的香菇，说我的香菇味道好。我们的环境相同，种香菇方法相同，怎么可能不一样？进行一番比较，人家用的可能是中高温菌种，我用的是低温菌种。

在屋后摘了整整一大筲箕香菇回来，亨利跟在身边，跑跑跳跳，胸前白色长毛沾满黑乎乎的草籽。将香菇捡到竹簸箕里，放在乒乓球桌上晒，微温的冬阳晒着香菇。这时候晒香菇要比夏秋天多晒几天，这是冬菇的局限。好在我有烘干机，遇到雨天，放进去烘烤，所以没什么好发愁的。

我种的香菇，菇腿很短，不必剪，有的都无腿可剪。袋料香菇有长长的菇腿，往往都被剪下，只剩一个菇盖。由于没有人工控湿控温，香菇相貌不太佳，大大小小，厚厚薄薄，圆圆扁扁。向阳的一边长出花菇，背阴的一边长出黑盖。这些香菇往往不受欢迎，有些不公道。

陶渊明是个左撇子

    站在豆田，弯下腰去。我持一把瘦月形镰刀，它薄而锋利，齿状刀刃，如一把弧形手锯。

    豆梗的根部粗壮，呈木质化。左手握住豆梗中部，右手握镰钩紧豆梗，奋力一拉，整棵割下。枯干的豆荚里发出沙沙声响。豆荚干的时候，呈现黑色，一排排挂在豆梗上，多数豆叶已经脱落。植物多有这种性格，种子成熟后，叶子枯干，率先告别枝头，落归土地。

    前些时间，断断续续地下雨。柔凉的秋雨，渐渐洗褪森林的绿，还原各种树木的本真颜色，大红、浅黄、深褐、墨绿等，五彩斑斓。而在春天和夏天的生长季节，它们都是绿色的。绿色布满山脊和峰谷，绵延起伏，滔天巨浪，千姿百态地争拥金瀑阳光。

    豆田呈条状，东西走向。我开始从东往西割豆子，头顶的天空发出一阵呼呼声。抬头仰望，有数百只白腰文鸟散乱但速度整齐划一地由北向南飞去。南面，一座方形的平顶山横卧红举峡谷南端。我称它为元宝山，因为形似，我每天早晨开门见山，就看见一个大元宝。此时，元宝山呈一片金红，那是由一些落叶松和漆科植物构成的色块，我喜欢。

割到三分之一的豆田，听见森林有沙沙的声响，有些微汗的额头感觉到浮来的凉意，以为下雨了。抬头看见秋风将西面山梁的树木叶子纷纷拂落，落叶沙沙。落叶易让人产生感伤。其实，我曾有一段时间在落叶时感伤与欣喜交织：住官门山的时候，景区的工作人员会将落入水沟的叶子收集起来，我一袋袋地背到茶园去，铺在茶树行间，以腐化为肥。

风越来越大，是从北部吹来的，沙沙声源自枝头枯叶的碰撞和摩擦。忽然，渐渐发力的风后面，追过来一阵大风。它没将叶子拂落，而是将树林的叶子齐刷刷从枝头揪起撒向天空。漫天飞舞的树叶，被云隙的一束阳光投射，若飘飘飞扬的彩蝶。这么多的彩蝶，它们装点了秋天的天空。

目光随着树叶飞去的方向，又见南山。我曾经观察过蜜蜂筑巢的方位，它们也选择坐北朝南的山势，以避北风。生物共同的选择，表达对自然的默契认知。所以，南山一直是我们目视最多的山体。

接近午时，我背了一些豆子回去，摊在晒场上，等待秋天纯净的阳光将豆荚晒开，我将拥有许多青皮的老品种大豆，磨出果绿色的豆浆，糯香滑润。诸多辛劳，在那一刻融化。

返回时，我从西往东割豆子。风小了一些，天空的彩蝶也去无踪影。我右手持镰，向南山望去，伸出去的右臂有些许遮挡，或者说，没那么从容和自然，有点拧。我念起陶渊明的"采菊东篱下，悠然见南山"——忘不了陶渊明，朋友相见，说得最多的一句话，就是你是现代的陶渊明。

陶渊明采菊东篱下，悠然见南山，他应该是一个左撇子。面向东篱的时候，只有左手采菊方可那么悠然一瞥目视南山，而右手采菊南望，就需要刻意扭头去看了，失去悠然与从容。

左手还年轻着

从天上掉下来一个大快乐。

中午喝了一点房县的黄酒。记得早年去房县考察写作，当地朋友介绍，房县的酒叫皇酒不叫黄酒，后来什么原因改名黄酒不得而知，有点可惜。喝点黄酒，有快乐因子在心头游荡。

但酒最多能做快乐的触媒，它不是快乐本身。

喝罢酒，坐到电脑前开始写作，我怀疑自己可能要把东亚四千年的农耕史回顾一番。案头有一本美国威斯康星大学农业物理学教授富兰克林·H·金的著作《四千年农夫：中国、日本和朝鲜的永续农业》，讲述了东亚民族的耕作方法，例如套种豆科植物改良土壤的传统。不过，对于未曾从事专业古农史研究的我，农史领域得慢慢来。

记得在北京的时候，弄到一些日本"满铁"公司出版的资料，对二十世纪前叶的农耕讲述得十分细。拨开那些革命、战争和工业化进程的纷扰，农耕在任何时期均平缓地进行。也只有农业可以根本地表达大地、生命和精神的融合。

敲了一行字，无意中摸到右手中指的第一个关节，上面隆起一个包。以前用笔写作的时候，食指尖和大拇指侧也生出茧子。然而，茧子是平面的突起，这个包有一个尖。室内光线有点暗，拿过强光电筒一照，有一根刺在小包上探出一点尖。

茶季的后期，我一直在忍受中指关节的疼痛。那种疼痛，如电击。我有一个习惯，在开机器之时，通上电，先用手背触碰一下机器，检查是否漏电。用手背测试机器是否漏电，是操作规程的要求。用手掌去触摸，漏电会让人本能地抓握，从而导致人被持续电击。

我碰一下杀青机，疼；碰一下炒干机，也一样；再去碰一下揉茶机，还是一样有尖锐的疼痛。我怀疑这些机器都漏电了，拿试电笔和万用表去检查电路，没问题，奇怪了。我操作时很小心，尽量不触碰机器，在操作手柄时会戴上手套。

现在，我只用了三秒钟时间，拿了一把有尖的水果刀，轻轻一拨，刺掉了。再按那个小包，没有疼痛。

长长地舒了一口气，机器都好好的，没有漏电。快乐从天而降。天哪，误会跟了我那么久。

天下的手工劳动者都一样，手指、手掌以及手臂常有擦伤。我现在食指的第二个关节就掉了一块皮。

刚到村里来的时候，偶尔看见农友受伤的手指，会心生感慨。山里面耕作的农友，一双手源源不断地种出土豆、玉米和四季豆。而那些背着竹背篓打猪草的农妇，一撮一撮地将三叶草割下来，装进背篓里。装满一背篓，弓起腰摇摇晃晃背回去，倒进猪圈，大猪小猪一起嚼起生草。红举村的猪吃生草，这是传统，只有玉米才煮熟给猪吃。猪讲究口感，青嫩多汁味甜的草为上品。割猪草的手，被草汁染黑，久之，布满裂纹的手指变为黑色——依照手指颜色深浅能够判断养了多少猪。当然，青年女性劳动时，会戴上手套保护手指，因此手指不会染黑，只是手指关节有一些大。

我的手指长期被茶碱腐蚀和制茶的篾器擦刮，指纹模糊凌乱。有一次专程到黄石市去办理护照，喜欢写作的海关关长亲自帮我办理，录指纹时屡不过关。关长事后问我的朋友说，这个古清生老师是不是酷爱打麻将？他的指纹是秃的。朋友告诉他，他一个人在神农架的老林子里面，没人跟他打麻将，种茶弄的。

我说农友的手黑，实际上，很多农友已经是白的了，他们劳动时都会戴手套，会保护自己了。偶尔见到真正手黑的农友——那些年岁大、操劳多、养猪特别多的农友——便想起白居易的诗："满面尘灰烟火色，两鬓苍苍十指黑。"暗暗地一笑，老毛病，总要用经典去对应现实。实际上，我自己认同的身份就是一个农民，种茶和炒茶。

炒茶不会手黑，因有茶碱，手可以洗得很白。通常我用茶粉洗手，现在的肥皂有香精成分，茶粉去污能力强，且残留的味道也是茶香。炒茶的多数过程可以戴手套，每年发生数次的伤手情况，都是因触碰到篾器、簸箕或者竹席，尤其是竹席上的篾签。扒拢摊晾的茶叶，用力过猛又很着急的时候，篾签悍然顺着指甲缝扎入肉里，痛得人悬臂侧身，眼角挤出泪珠。

当劳动成为常态的时候，我已经不读白居易了。心灵在忍受一些劳动的辛苦时长出茧子，心硬了。农耕文明都是这么走过来的。闲时摊开两个巴掌看，我觉得右手已经老了，左手还年轻着。

鬼是什么东西

山里的夜晚，有五种东西是亮的：电灯，星星，月亮，萤火虫和野兽的眼睛。

我站在院子中间，感觉近旁的山梁上有东西窥视，拿手电筒照，便能照到两只绿幽幽的眼睛。可是，有一次，只照到一点绿幽幽的亮光，淡淡的绿，有些泛白。那会是什么呢？它在山梁上移动，往西边的大山沟里去。那个山沟地势高，一条注入鱼池的水渠便是从那里接来的。

鬼！到底有没有鬼？逻辑上，没有见过的东西，不能认为有。但是，能见到的东西，那还是鬼么？

第二天，那个亮点出现在对面的山梁上，我用手电筒照它，它往山顶的密林缓缓移动。又有一个问题，鬼为什么是一个亮点而不是两个？

一切的恐惧都由人自己制造，假如我内心没想到鬼，世界一切安好。其实，我的观点在于有鬼无鬼之间，理性的时候，坚信没有鬼；情绪低落的时候，相信一定有鬼。

森林中有许多酒

初来神农架，一直向人打听野兽吃人的事情。当时人们告诉我，老虎吃人的事情离现在有四十年了——那是十年前，现在有五十年了。但是，熊吃人的时间很近，当时人们都说就在前年，或者大前年。

青天袍有农友敲脸盆驱赶掰玉米的熊，熊过来扇了他一耳光。农友很伤心，我保护动物，但我被动物打了，怎么办？宋洛那边的熊将人撕了。老支书带着人和床单去收人，流着泪说，我们再也不要去惹野生动物。千家坪有人被熊抓掉了鼻子。台子上（我的养蜂场所在地）有一个人被熊拍死。我把野兽伤人地理位置统计了一番，那是危险之地。

当我问到哪里有鬼伤人吗，人们说，好像没有。但是，他们指出一些有鬼出没的地方，最近的就在我的茶园入口处，那里有几棵大板栗树。

鬼是什么样子？

穿着白衣服。

脸呢？

没有头。

说话不？

好像不说话，走路有点飘。

在黑暗的夜里，一个人形的鬼，穿着白衣服，没有头。我想那应该是一个背朝大路站着的人。在北京的时候，一个朋友等电梯，电梯下来，开门，没有人，只见一件白衬衣飘过来。他吓得想跑，仔细一看，原来是一个非洲人。

我听了心里权衡，茶园的入口有鬼好不好？好。省得人没事往茶园跑。然，一个人讲有鬼属于孤证，不算。我要农友再拿证据，他们说谁谁看见鬼，谁谁在那里无故摔跤，谁谁夜里不敢从那里路过。好吧，我从此跟人说，茶园的岔路口有鬼。

鬼字的释义，我都查过很多遍了。甲骨文即有鬼字，这么说鬼的历史很长。从动物学家的论述里查找，没有鬼的记载。鬼的释义为人死之后出现的灵魂。人的灵魂是什么样子呢？晚上会呈现人形或幽幽发光？

我们村的人都相信灵魂，灵魂会在人死之前一两天出走；灵魂出走的夜里，全村各个山头的狗子都彻夜长叫。我想起鲁迅说赵庄的狗，也会莫名地彻夜长叫。

我的狗也叫，开始的时候，土狗叫，洋狗不叫；后来没有土狗了，洋狗也叫了。可能洋狗起先不认识灵魂，在这里待久了，渐渐认识了。我观察狗子彻夜长叫的姿态，它们朝空中吸鼻子，嗅空气的味道，然后仰天叫个不停。

灵魂到底要走多久，让狗子整夜都叫。村里人说，人死之前，灵魂要去旧地重游，凡走过的地方都走一遍。然后呢，灵魂要安家么？后面的问题大家不太清楚，也有年长的人说，它去找人重新投胎。

的确，狗子彻夜长叫之后，我问村里人，哪里老了人了？——他们管人去世叫老了人——村人必答，某某昨晚走了。一年两年三年，狗叫十分精准。我在无法推翻狗吠灵魂的现实情况下，只好信了。

狗子能看见灵魂这件事令我想不通。有那么几次，狗子叫到半夜还在叫，远处各山头的狗子也在叫，我趴在玻璃窗前仔

森林中有许多酒

细往路上看，是否也能看见灵魂。村里人告诉我，一般的人看不见灵魂，只有"火焰非常低"的人看得见。

可是，村里人没有说灵魂就是鬼，这就好了，或者不是什么人都能变成鬼。世界上只有鬼多数人说有，却人人都没看见过。有一天跟农友在山上讨论赚钱。农友说，我们要是能拍张野人的照片，那就发财了。我说，真看见野人的时候，你会想起拿手机拍照？他想想说，也是，说不定尿都吓出来了。转而问我，你说找到什么能发财？

我想了想，说，鬼啊。如果我们能捉到一个鬼，运到武汉去展览收门票，定将财源滚滚，谁不想亲眼看一下鬼？鬼，比野人多吧？鬼多，农友又摇摇头，鬼抓不到，太灵。搞不好我们没有抓住鬼，鬼把我们先抓去了。

第一次听鬼故事还是童年。我在江西遂川老家，听大家讲鬼故事，说村里最大胆的一个人去照泥鳅遇到鬼。

照泥鳅用火篓，手电筒的光穿透力差。火篓是用铁打的，上面有一个提梁两个环，安在一个木柄上，像打灯笼一样执着照水田的泥鳅，里面装燃烧的松明子。正照着泥鳅呢，后面来了一个人，跟他说话：你看看我下巴，你看看我下巴。

照泥鳅的人心里一惊，不好，遇鬼了，这荒山野田里，哪来的人？猛地转过身，夜色里，只见后面站着一个没有下巴的人。忽然怒吼：老子一火篓把你"上巴"也打掉！经他这么一吼，火篓一扬，鬼忽地一阵风遁去。

从那以后，我一直想象，鬼是没有下巴的。没有下巴，怎么讲话？不必质疑，既然是鬼，有什么不可以？

门

走在松柏镇街上，忽然有种梦幻的感觉，很长时间没有进城了。松柏镇是神农架林区人民政府驻地，镇上依然人多，车流穿梭不息。这是鄂西北高山上的明珠小城，精致而美丽，我在此有过许多醉酒的记忆。

集中许多的事情来这里一次办理：茶叶和花露送检，换生产及经营许可证，换到期的驾驶证，修车。

我在政府大门等朋友的时候，遇到许多人热情地跟我打招呼。坦白地说，有些朋友一下子想不起名字。我天天在红举跟亨利和普金在一起，村外的事情都忘却了。对于人生，一年的时间也是岁月。我离世界已经有点远。

站立政府大门口没进去，感觉新来的门卫在远远的地方注视着我，有点警觉的样子。我站着不越线，他的视线也不离开。

进门的经历有很多种。记得初到北京的时候，常去《人民日报》社大院，有位年长的学者住在里面，邀我去喝小酒，谈文论史。我险些被他拉到清史领域去钻故纸堆，但终究明白自己喜欢胡乱写，不乐长年累月引经据典，研究别人当年胡乱写的东西。

进大院必须填身份证号码，填多了令人厌烦，感觉被人当作贼来对待。后来，我不看门卫室，昂首阔步而入，再没人盘问。

有一年夏天去武汉，赴宴之前剃了光头，请理发师用剃刀刮得铮亮，再抹过护肤霜，亮得发光。然后背着草帽，拎着装蜂蜜和香菇的蛇皮口袋，找到酒店，却被门卫拦住不许进门。可是，那个酒店名叫生产队食堂，装土还不让一个真土老帽入内，暴露了真相。

他人是自己的镜子，无须思考就知道我是一个真正的农民了。城市人鄙视农民，我自己能够切身体验。一个很奇怪的文化传统，为什么农民为大家生产了生命不能缺少的粮食和蔬菜，以及禽肉蛋鱼奶，却要受到歧视？

法国的屠夫们有一次抗议媒体，说，屠牛宰羊不过是我们的职业，我们的辛勤劳动丰富了公众的餐桌，但是媒体却把真正的杀人犯写成屠夫，这是严重歧视。通观世界，越是不能缺少的职业，越不被社会看得起。听不听歌都能过得去，歌手却受人热捧。

我有一次去松柏镇，戴上一顶红色贝雷帽。它是我采购来做工作帽的，很像联合国维和部队的帽子，戴上很神气。

到了松柏镇，去面馆吃牛杂面。店里厨师、服务员还有保洁员，一律戴着跟我一样的帽子。惊讶之余，我在吃了一口牛杂面的时候，悄悄摘下帽子塞进口袋。

原来我自己的内心深处也有职业歧视啊。

正宗辛酸

尝遍中国美食，忽然想到，辛酸是什么味道？用什么样的食材、什么样的烹饪方法，能制作出辛酸味道的食品，入夜的寂静里，独自细细品尝。

醋蒜的味道可以说是一种辛酸，但又感觉过于直白。还需要些醇厚，可供回味。芥末泡菜呢？也不对。要找到从味觉贯通心灵的辛酸，的确不易。

今天出去理发，头发长到齐肩了。一头曲丝，枯涩，蓬乱，理掉吧。头上利索，其他都能顺畅起来。

理发店小而整洁，两把椅子。我说，你给我推个大秃瓢。干脆利索，嚓嚓嚓，五分钟时间，干干净净推了个大秃瓢。

回到书房，自拍了两张照片，去照照镜子。先前长发飘飘，那形象要么是艺术家，要么是乞丐。现在呢，一个道地的山里农民。但是，身体肥硕的农民，多是比较懒且好吃。嗯，我就是这样的农民。顺手发一张照片到群里，有人说，你演座山雕可以不化妆。

很好啊。座山雕在历史上有很高的知名度，他可以说是东北川普。总之，是个角色。由此想到自己的角色，仔细打量我的大秃瓢，看着看着，渐渐有一股酸楚袭上心头。我怎么就长成这般肥头大耳的形象？小时候的预设不是今天这个模样，而是有点清秀和文雅，有点斯文的。

一个粗糙、大肚、驼背、肥硕且顶着个大秃瓢的老男人。在世界上混到这副模样，实在是惭愧。搜寻记忆，小时候在某个夏天的码头角落，看见过一个席地而坐的老男人，粗壮肥硕，大秃瓢，光着膀子，身边堆着饱胀的麻袋。老男人靠着麻袋，懒洋洋地啃一个西瓜，江堤下面停靠一艘拖驳，江面上有拉响汽笛缓缓向上行驶的铁船。

为什么会这样？相由心生么？我在茶园劳动时都在想谁呢？熊，想得最多的是熊。似乎随时可能从哪片林子里蹦出一头熊。

顿时脑子里有一点闪电，此时此刻，我品尝到的味道便是正宗辛酸呢。打量自己的形象就能产生的味道，无须食材，不必烹饪。久久地盯着我的照片，辛酸的味道滔滔不绝，汹涌澎湃。

树的报复

　　来到神农架十年生的第一场病，也是有生以来最重的一场病，我可能永远不会忘记。站在零下近十度的雪地里，用雪擦洗身体，擦得上身皮肤泛红，冒着白色的热气。雪花在凛冽的北风中飘飞，寂静的峡谷偶尔传来小麂的啼叫。这时刻，我的身体开始燥热起来。在雪地上跳了几跳，做了一串带球投篮的动作，感觉到一阵从未有过的畅快。

　　没有想到死亡，只是觉得，用白雪擦澡真是美妙的天浴，人只有在特殊的情境，才能获得如此不凡的生存体验。白茫茫的森林，围起巨大的浴室。北风也助力擦洗。庸常的弥漫着淡淡清苦味道的日子里，它将我推向极致时刻。

　　2020年12月27日那一天，我给蔬菜搭起一个棚子，希望这些冬季菜还能保持微弱生长。它们是包菜、胡萝卜、小白菜和青菜。

　　在玫瑰园里面找到一些树。从2012年开始种植玫瑰，崇尚自然生长，只做了简单的割草，没有再做其他管理。玫瑰园里自然生长了一些树。我想利用冬天的时间将玫瑰园整理一遍，将园中自然生长起来的树锯了，顺便给蔬菜搭起一个棚子。

有一棵树，肯定是漆树。当初就怀疑它是漆树，但又觉得是盐肤木——橙翅噪鹛、领雀嘴鹎和画眉都喜欢吃它的种子，而盐肤木的种子是咸的——不觉间让它长大。万一是漆树呢？我天真地想，不让它的树汁流到身上就没关系。锯漆树的时候，许多锯末飞溅，从领口飞落身上。开始没有觉得有什么问题，傍晚时感觉有点痒，吃了晚饭洗过澡，好了。

第二天接着搭棚子，手直接接触到树汁，好像也没事。第三天蒙上塑料薄膜后，身上痒起来。我用艾露将痒的地方喷一遍，止住痒了。夏天的时候，被牛虻、蜂子和旱蚂蟥叮了，喷喷艾露都好了。

此后，我两次进入棚里拔草、移苗和割菜。后来才知道，漆过敏的人从漆树下走过都会过敏。在封闭的漆树架起来的棚里，漆酚该是很浓密的。晚上，皮肤开始大痒起来。

这是真正的痒，终身不可忘怀的痒。喷艾露只能暂时抵挡一下，又换阳荷露、香薷露喷，也都只管一二小时。痛可以忍，痒不可忍。大痒时犹如有几十上百条旱蚂蟥在身上同时叮咬，小痒时如同千万只小蚂蚁同时在啃皮肤，是细小的炸炸的痒。

水管冰冻了，冲热水浴止痒没希望了。有资料介绍冰敷有效果，立即冲出门去抓起雪往上身擦，果然有效。雪啊，能洁净万物的雪。索性就雪浴了。

事到如今，确认是漆过敏。痛苦万分，坐立不安，美食美酒已经无味了，读书也静不下来，忍着痒咬紧牙关写了一篇文章，再也写不下去。痒皮铭心，开始担心继续痒下去，对面的山头就要崩塌，因为我使劲抓痒的时候，那个山头一直在摇晃。

睡到午夜三点，痒醒过来，给身上喷满艾露再睡。实在难忍的时候，恨不能将鱼池的冰砸开，跳进鱼池游泳。

最终没敢破冰游泳，担心万一感冒发烧，这个节点被发现了，会被一车拉到林区人民医院隔离起来。走投无路，开车去村卫生所，打了三瓶葡萄糖酸钙，晚上就不痒了。这一下，破了我十年不进医院的纪录。

树给了我一个小小报复，必须敬畏自然。树也送了我一条陈旧得没牙齿的真理，人生中无有痛痒就是真幸福。

八树汤

漆酚过敏之后，几位农友建议用八树熬汤洗澡治疗，或者用韭菜汁涂抹过敏皮肤，有特效。腊月没有韭菜，要不要去菜地把韭菜根刨起来？还是留着韭菜吧，刨了韭菜根，春天没有韭菜炒鸡蛋了。考虑用八树熬汤。

八树是什么树？问题来了。植物的地方名称一直令我头痛，当然，有时候我说植物的时候，农友也蒙。比如整茶园的时候，跟农友说，山上的海棠树给留着，别砍了。海棠？什么叫海棠？农友听不明白。我领着农友找到一棵海棠树，看，这个就是。农友大悟的样子，说，噢，扎布钉。

天！海棠叫扎布钉。世界上有如此奇妙的名字！打量一番海棠树，它的尖刺真的像钉子，能够扎布，这个布显然指的是衣服。不过，神农架方言念成"炸普钉"。

《红楼梦》第三十七回贾探春发起海棠诗社，林黛玉作了一首《咏白海棠》："半卷湘帘半掩门，碾冰为土玉为盆。偷来梨蕊三分白，借得梅花一缕魂。月窟仙人缝缟袂，秋闺怨女拭啼痕。娇羞默默同谁诉？倦倚西风夜已昏。"看花恋花喻花，花景人境，情融意澈。诗的标题改作《咏白扎布钉》如何？

八树呢？八是一个数词，这比扎布钉难破解。我想起诸多谐音字：扒树、把树、拔树、霸树。都没什么逻辑。农友用手比画八树的形状，同时补充一句：这山上生长不多。

思来想去，满脑子搜索有什么树长得像八。难道和漆（七）树相对，能够疗愈的树就该是八树？

太阳明晃晃的，连续晴了好几天。冬天的森林有大块的土黄色，落叶阔叶林的树木伸展着无限多的枝丫，围着小片的常绿针叶林。阴坡上积着小块零碎的残雪，幽谷鸟鸣。

我去宋家山疏通水管。这地方就叫漆园。宋家兄弟帮我一起整水管，问我是不是烤火烧了漆树，我说不是。漆树干成柴烧火，居然还能令人过敏……

用八树熬水洗就好了，宋光敏说。又是八树。我说不认识八树。他哥哥宋光霞说，一会儿我给你找八树。聊了一会儿，查看了宋家山上生长的玫瑰苗。山坡的面积大约有二十亩，玫瑰苗是我去年送他们的，玫瑰长大了将是一片盛大风景。

一直鼓动村里农友种花，若干年后将红举种成一个鲜花的村庄。高山气候，种植玫瑰成活率低，但玫瑰一旦活了，生长会特别旺盛，味道尤其芬芳。

一会儿，宋光霞折来一根八树枝。嘿，原来就是卫矛。卫矛怎么关联上"八"？卫矛属于灌木，形状非常奇特，它的树干和枝条有四道纵棱，植物界称木栓翅。查资料，它的中药名称鬼箭羽，八树的叫法源自陕西。

森林中有许多酒

从前考虑过用卫矛和十大功劳做盆景，尤其是卫矛，叶、花、果都相当具观赏性。没想到它能治漆酚过敏。

把卫矛带回来。大家都说它有特效，希望它能给我带来福音。漆酚过敏以后，不能喝酒，也不能喝茶，还在喝着一剂中药排毒散。人生失去了茶和酒，真的好没意思。简单地做一个菜，刚好买了一批土鸡，有一些鸡杂，用蒜苗、辣椒和生姜干烧，淋一点花椒油。这是茶油泡的青花椒油，江西遂川特产。味道挺好的。只是过敏的皮肤不舒服，如芒在背。

拿电动剪刀将卫矛剪成一厘米长的小段，剪了半水壶，灌上水，熬八树汤。人生最好没有挫折，肉体和精神的挫折都不要有。窗外天空有一弯银月，寂冷的冬夜，没有昆虫鸣叫，连风也休息了。咕嘟咕嘟，熬八树汤发出山里的第一大响声。

心里猜想，八树汤应该有一点效果，特效就别奢望了，过去没有现代医药，八树汤才被塑造成神汤。它与漆树大约是相克的。相克相生，自然界的植物有无穷的斗争。

用八树汤洗了，第二天起来查看，手臂一块溃疡的地方干燥了，创口开始愈合，果然有神效。接着熬八树汤，早晨和中午用毛巾蘸了擦洗，晚上熬一大桶洗澡。我另外请人砍了一皮卡八树枝，足够我洗澡用。

接下来，清洗蒸馏器，制作八树纯露。纯露比汤的纯度高，方便携带，可以随时给皮肤喷雾，且可以饮用。

现在，我的口袋里揣着一支八树纯露，没事时撸起袖子喷喷。没有不雅的感觉，山里没人，几天也见不着一个人。

等待春暖花开

天气转晴，阳光灿烂，温度却骤降，厨房水池上结了冰。冬天进入干冷期。干冷不好受，特别怀念春暖花开的时间。诚然，冬天走到了这一步，春暖花开已经不远了。

连续打了三次吊针，抓了两服中药，漆酚过敏症状进入尾声。原以为凭借自己的体质可以抵抗，最终还是投降，借助医疗手段恢复健康。当我可以一觉睡到天亮，无须半夜痒醒使劲往身上喷艾露的时候，幸福感忽然来临。

原本计划将书稿交出，然后大剌剌开车回武汉钓鱼，写作。海明威写哈瓦那海湾实在精彩，那激情澎湃的海涛之间的精细描绘，需要一支如椽之笔。而写长江的念头，已经萌发十几年了。

晒晒冬天的太阳，看看书，烹饪美食，给书稿润色，散淡的日子从容过去。为什么忽然要给菜地搭棚呢？这十多天的漆酚过敏给我带来一场巨大灾难，手肿到注射找不到血管，后面两针只得从脚上注射。我觉得这样的灾难可以顶上被杀人蜂狠狠扎上一针，野猪、熊和毒蛇都没有这么厉害。

这些天，我的精神沉沦了，一次漆酚过敏的挫折几乎将我打趴，原来生命如此脆弱。

独居森林之后，我的精神流浪开启了。现在，我停了下来，坐在森林的深深的夜里。万籁俱静，偶有雄鸡啼叫。童年时向往大海，渴慕能扬帆远航。如今我需要安静泊港，森林或许是生命的故乡。

我还是可以雄健地行走在高高的山梁上。神农架的森林、阳光，具有永磁的引力。

也许有一天，我会和一位野猪交上好朋友，我们共同走在森林中的高山草甸，沐浴森林阳光，饮用清亮的溪水，嚼食树上的鲜果。

现在呢，我有点伤心，我所喜爱的自然给我一个小小的教训。

期待春暖花开，春风像一位久候不至的朋友光临。

立　春

忽然就立春了，我没有一点心理准备。往年的冬天，鱼池能结半尺厚的冰，入水管冰冻，小河干枯。今年的冬天没发生凿冰取水的困境，也好，顺便接了新的水源。

春天了啊，我看见玫瑰枝头的休眠芽萌动，玉兰花蕾早早突出枝头，那就是辛夷么？对自己有些担心，对植物的认知，渐渐地往中药方面滑入。从前，我只要认识植物，纯粹的植物。将植物往药性方面去认知，就将植物工具化了。泰戈尔的《飞鸟集》有一句："樵夫的斧头，问树要斧柄。树便给了他。"

可是，在地球这个生物圈，谁没有从植物获益？设若定义阳光为生命之父，植物便是生命之母。曹植的七步诗亦给我以佐证："煮豆持作羹，漉菽以为汁。萁在釜下燃，豆在釜中泣。本是同根生，相煎何太急。"豆子给人以营养，豆萁为燃料。人类使用矿物燃料的历史实际上很短。

大地开始暖化，空中吹拂的风携着冷意向北方撤退。湿漉漉的林间，紫花地丁绽放小小的紫花。我想说，立春二字忽然将我惊醒，让我冬眠的思想复苏。

近些日子，村里人持续播种天麻。那些小土豆粒似的天麻种，播种在密环菌发酵的木材上，掩埋进土壤。待到秋天，天麻长成土豆的样子，一窝窝地挖出来，售卖给药商。

我也想在立春之际做一点农事，可是，这个时候照例找不到工人，只能默默地采买茶季需要的包装材料和工具，修理一些农具。

仔细盘算，一年最重大的成果，还要数我独创的鱼子捞饭。一直以来，我试图将苞谷糁做成一款名吃，心里面相信任何一种食物都有做成名吃的潜力。果然，苞谷糁做的鱼子捞饭十分好吃。待到清明播种的时候，我要种苞谷。

在森林里，作为一个纯粹的茶农，我已经埋葬了诸种俗世的名利之念，让它们做思想的肥料。在人世间，每一秒钟发生的恶斗，信息都能传入山里。山里人不为所动，念念不忘为山外生产所需之物。

全世界都视农业为黄昏产业，将农民定义为国家的负担，或直接定义农民为贫穷落后族群。然而，人们又不断地消费农业产品，依赖农业产品而活，为农业产品的廉价而兴奋雀跃。

一贯后知后觉的我，赶在立春后的一次晚餐饮了一杯酒。粮食酿制的饮料，给我以燃料的感觉。突发奇想，要不要与鹅共饮一杯？我所有的伙伴——鸡狗鸭鹅，在我送去食物时，只有鹅频频点头致意。

在四季轮回之中，立春的森林开启新的一幕，繁花锦簇、叶绿苍山的日子开始了。我看到小小的鱼儿从鱼池游到水渠上来，这些新生代的小鱼，不论种族，快乐地游戏在一起，显示新生命的生机勃勃。

马上，全民族都要为春天举行一个庆典，感谢春天，植物在土壤中默默地汲取营养。

森林的滋养

我读海明威的《老人与海》，深信他在哈瓦那海湾垂钓时，获得了大海的滋养。这部小说我每年读一次，它同样给我滋养。

第一次读《老人与海》的时候，哈瓦那海湾无比广阔的海面和强大的漩流，令我深切地感觉置身其中，产生晕眩。我曾经划一叶小舟漂泊在湖面上，一浪接一浪的水波推拥，令我生出随波逐流、听天由命的念头。

无边无际的海洋，海水中游弋的巨大而凶猛的鲨鱼，天空飞翔的军舰鸟。天蓝水蓝之间，老人破船，持久的饥饿和不能休眠，只有圣地亚哥的意志坚挺在浪涛。大鱼终于没有击沉他单薄的破船。圣地亚哥的精神，实质上来自海明威的内心。他在咆哮，在嚎叫，不肯向命运低头。

我也曾思考过在神农架森林获取这样的滋养和力量，一个人以坚强的意志行走在寂寞无边的森林，或与猛兽格斗。事实上，我遭遇过很多猛兽，但都是擦肩而过。

后来，我渐渐地明白，在森林中研究自然，并以种茶来获取研究经费和养活自己，最终将红举村建设成一个知名的生态村，需要超强意志。我常常有无力感。但至少，我还有一点圣地亚哥的精神，能够在茫茫林海沉潜，多长时间都无所畏惧。一个在北京以笔奋斗许长时间的中年男人，会在浩瀚如海的山群中，像那棵铁尖杉那样挺立而老么？

我得坦白，初始的信心已经消耗了许多。我渐渐将自己的心情平复下来，考虑放弃文人渴望的宏大叙事，从微观深入，养茶种花，观察鸟类和水生物。在森林中，读识微观世界。

当我将方向调转过来，一切释然。乡土的社会，千百年来缓慢运行，没有人能够阻止，同样也没有人能够加速。我的森林中的村庄，依然炊烟袅袅，犬吠鸡鸣。山花烂漫的春天，百鸟鼓噪，弯弯的小河向北流。

森林中有许多酒

第三辑

鸟语花香，
野兽鸣叫

坐在山中听蝉鸣。靠在藤椅上，静望山外，阳光打在森林上。

蝉鸣高一声低一声，间短间长，仿佛岁月被蝉声丈量。

短章 I

世界只有植物

五脉绿绒蒿

五脉绿绒蒿有个有趣的别名：毛叶兔耳风。中医认为，能清热泻火。

偌大的神农架，只发现它在神农谷垭口有生长。五脉绿绒蒿是属于垭口的花。

凡这样的地方，高寒，土壤贫瘠，风大雪深。

植物对环境的选择，不是人可以理解的，此便是境界。

珙 桐

连续春雨，所有的枝头都萌发了绿，深绿或浅绿。生长是如此充满情趣。

现在，窗外的天空湛蓝，悬一朵白云。清亮的阳光，倾泻在绿的森林上。一片绿的光。

珙桐开花了么？绿花瓣，渐白，若一树的白鸽。

看它时，会想到"世界没有时间，只有植物"。

扇脉杓兰

一瓣桃花飘落，扇脉杓兰开了。
山谷的雾拉开序幕，溪流的链子
绵延很长。太阳悄然登场。
我关注扇脉杓兰已经很长的时间。

这一片缓坡茶树成行，左边
悬崖。右边深切的沟。
横卧的巨石下一个天然洞穴
住着两只小麂。巨石以下，
扇脉杓兰打开花朵。

仿佛有真诚的约定，相会
四月的茶季。已经很久，
我心里驻进扇脉杓兰。
真隐的姿态，以杓花表达。

目光逼近，白色瓣被粉红斑，
至花蕊渐深。扇形的叶子托举。
它在如此平凡的时光

送我一个惊叹。没有风。
扇起的阳光在林中波动。
还有几声鸟啼，从扇脉间滑落。

油点草

油点草的花到夏天才开，现在
它的嫩叶被我关注。每年都吃
油点草的嫩叶。它有黄瓜的气息。
一声感叹。黄瓜占领了味觉。

每年的春末夏初，我都要吃一些野草。
油点草因为香色俱佳，被掐梢。
被我炒入盘中，品鉴。
不知道油点草被吃掉的感觉。
这个星球之上，植物被动物吃掉
仿佛是铁定规则。如日月交替。

独枝的油点草，开始分杈
开更多的花。我帮它传播种子。
然后有了一大片油点草。
没有结尾的相处，我们安然。

无法赞美吃的行为。

鹿科，牛科和人科动物，昆虫，

我们都吃着植物长大，

被植物喂养。所有的感恩

滔滔地流向植物。油点草是一种

我喜欢的高贵的草。

四照子

在宁静的原始森林，我摘下四照子，打量了它两眼，就开始吃。此时，我觉得自己也很野生。这儿也没有所谓行人，摘下就送入口中，若熊吞状。

我先含了片刻，再嚼开来。四照子的肉质有山楂一样的绵，然无山楂之粉，味道清甜。

此样的甜，顿时将岁月回转，将我带到童年，在山野中采摘野山果吃。当时，我很想把那一瞬间的感觉给人说一下，然一时无人，同行的朋友都走到前面去了。唯听到对面山梁上有一只麂子在"昂昂"地叫。

八月炸

三叶木通，神农架人称之为八月炸。它要在夏天自然成熟裂开，才好吃。它的雪丝般晶莹的果肉，味如香蕉，绵甜柔润，晶莹剔透，籽若黑宝石。

它生在红举茶园左边的林子里，今年结得少一些，却大。

每年，看见茶园边的果实，舍不得摘，好看。自然坠落之后，又感可惜。不过三叶木通的果皮开裂之后，小鸟儿会来吃掉，也不算损失吧。

荚蒾

神农架的森林，冬天的果实艳若盛夏。不经意一瞥间，有红的色泽映入眼帘。在茶园整理枯枝，抬头见到荚蒾，那一簇红有些暖意。

这些红艳的荚蒾果实，将会留到冬季的最后。在其他果实存在的时候，鸟类尚未特别关注它们。有一年冬天，大雪覆盖了神农架原始森林。洁白的雪原之上，阳光打在红艳的荚蒾上。我拍荚蒾的时候，看到一群领雀嘴鹎在啄食。那时候，其他果实已经被吃得差不多了。

喜欢上了一束荚蒾，因此喜欢上了冬雪。我喜欢冬天神农架的果子，一抹红艳，美丽了梦。

峨眉蔷薇

峨眉蔷薇喜欢生长在溪流及河边。

它的花很单薄，白色，只有四瓣。然，峨眉蔷薇的果实甚美。尤其在夏天，红亮的果实落在溪流里，清清的水流沁润，红宝石般。沿着溪走，明媚的阳光下，犹如走在宝石泉边。

神农架的龙潭溪、红石沟边都长生着茂盛的峨眉蔷薇。水边摇曳，红波轻漾。

从水晶兰开始

夏天开始的时候，人们纷纷奔往神农架。写罢《金丝猴部落》，我亦开启森林的夏之旅，住在大龙潭，以继续观察金丝猴。我的想法很简单，真正写好一种动物，必须连续观察二十年。这个想法源于一个美国人，他观察猫二十年，写了一本《猫》。依稀记得，蕾切尔·卡逊的《寂静的春天》中，有个人在美国西海岸观察鹰长达二十年。珍妮·古道尔从二十多岁起前往非洲原始森林，度过三十八年时光，获得非凡的野生动物研究成果。

那时候，我只是想一段时间待在北京，一段时间待在神农架森林。从最喧嚣的大城市，到最宁静的森林，在两极之间获取人生感悟，拓展我个人的写作领域。逃避北京的溽暑也是我的想法之一。

初始的兴奋点聚焦在野生动物，拍一种野生动物上传网络，引发一片惊羡，内心获得一种非尔族类的快乐。我的朋友圈多舞文弄墨者，你们生活在文明中心区，我与野兽为伍。那种感受十分微妙。此间有一个插曲，离我不太远的陕西镇坪，横空出了一个"周老虎"，朋友们也问我，你拍的金丝猴是不是真的？

观察大自然中的野生动物相当之难。在都市中，街上发生一个事件，人们纷纷拥去围观。走在原始森林，前面或侧边突然发生巨大响动，人的本能是逃离。其实直到今天，森林中突然蹿出一头黑熊，我第一时间考虑的也是逃离，不是追上去拍摄。

所以，我在寻找野生动物之际，同时关注神农架植物。野生动物要不期而遇，而植物永恒地在那里等候。我记得在神农谷的垭口，有一片绿绒蒿，每年的夏天开花，那妖艳又质朴的蓝色花，仿佛到时间就召唤我去拍摄。垭口上一片等候的花，它们是在期待夏天的金阳和穿越的暖风么？

大龙潭的海拔高度，与我村口的百草冲相同，生长许多在低处难得一见的植物。纯净的空气中，纤尘不染的花朵被金阳光照耀，纤毫毕露，可以看清花蕊的精微结构。

重要的是，植物永远在那里等候。于是，观察金丝猴之余，四处寻找植物。我这样的一个植物菜鸟，每天都能发现好多"新种"，即我个人没有见过的植物。

这么懒散地在森林中走着，背着摄影器材、丛林军刀、军用水壶和压缩饼干，我有些"森林得志"的快乐。有一个中午，金丝猴待在树上打盹，我沿着一个土坡走冷杉林，林下铺着一层厚实的铁锈色的冷杉针叶。这样的地方，往往会生出一些橙色的松乳菇。

忽然，我看见一株白色的小草，顶开铁锈色的冷杉针叶，挺立在树荫下。停住脚步，蹲下来，悉心打量。它从茎秆、叶片到花朵，全身素白透明，如水晶。我想如果有一缕阳光打在它身上，在金色光芒照耀下，它的通透与纯净，拍摄下来一定极美。可是，它不需要阳光，根据它自我选择的生境，水晶兰就是一株黑暗之花。

心里生出一种感动。谁家孩子是这样生长的呢？它未接受光的照耀，连茎秆也没有一点绿色，从冷杉的针叶中挺起，低头绽放花朵，全身晶莹剔透。在高山的清凉之境，水晶兰独生与簇生，在林下长出一小片。从惊讶、惊喜、惊叹，直到产生内心的窒息感。花与人居于两个世界，从无沟通。而水晶兰，与植物界的其他物种，也是相去甚远。

水晶兰全身肉质，似乎已经蜕化为仙，若一株仙草。坊间也称它为幽灵之花。它是我在马先蒿之后发现的神秘之花，也同属腐生植物，依靠菌类提供养分。生而不花，枉为植物，水晶兰可视为通体皆花。

从水晶兰开始，我觉得走进植物的世界，能够获得许多神奇。它简直是一个梦。午间，万物俱寂，金丝猴在午休，鸟类停止啼叫，蝉鸣也歇住。我蹲在一株水晶兰前，它让世界休眠。

从此，水晶兰带我走进植物界。千姿百态只是植物的外表，生长才是它们的共同内心。时间从叶子上走过，即使不曾沐浴到光，听任风的梳理却完全相同。此后，我年年看见水晶兰，相信它们并不在乎我的存在，蓦然生长的短暂时间，水晶兰无色的绝望之美，只有一步之遥。它是一朵感叹，扎入冷杉针叶之下的泥土。

森林中有许多酒

奇　竹

一

今天查看屋后的竹子，已经长出了三丛，明年估计可以连贯成林了。公路每天有十几部汽车通过，多时有几十部，我觉得茂密的竹林可以挡住汽车扬起的灰尘。

竹子的生长有一个特性，种下之后，地表毫无动静，它努力在地下伸展根系，这个过程大约要三年。像下围棋，棋手将角和边都抢占以后，才往中间拓展，"金角银边草肚皮"。竹子将地下的地盘经营好之后，长出竹笋，向天空拓展。所以，出笋之后你就可以判定，竹子在这个区间已经无敌了。

种竹子遮挡灰尘，也不是全部的想法。屋后或者屋侧种竹子，已经渗入中国文化的内核。苏东坡有一首《於潜僧绿筠轩》："宁可食无肉，不可居无竹。无肉令人瘦，无竹令人俗。"郑板桥一生只画兰、竹、石，称"四时不谢之兰，百节长青之竹，万古不败之石"。他写诗赞美竹子，上升到精神的层面，《竹石》云："咬定青山不放松，立根原在破岩中。千磨万击还坚劲，任尔东西南北风。"

我居住城市的时候，没有办法种竹子，就在阳台种棵文竹。诚然，文竹不是竹，它是天门冬科植物，却也能安慰一下爱竹之心。我在北京闲得无聊的时候，想过去考察中国竹海，写一本《中国竹》，计划去安吉、台州、温州、福鼎、绵阳、咸宁、井冈山。作为南方人，我从小睡竹子编织的摇篮，长大后用竹筷，睡竹席，背竹篓。现在，我做茶亦大量使用竹子制作的工具，竹篓、竹筛、竹席、竹筐、竹簸箕等。假如没有竹子，我该怎么办？

二

我在神农架森林中过着耕读的日子。边上的举人坪，古代出过举人，茫茫林海有一缕书香。有竹，竹枝拂摇。月朗星繁之夜，我的窗口一抹灯光，映入林间。溪流相伴，鸟兽鸣叫，唤醒春天。春天是桃花的季节，一树桃花，一片桃花，一线桃花，沿着小河绕山盛开。中华蜜蜂飞舞，阳光普照，竹子摇动一丛青绿。

神农架生长箭竹，从神农营到猴子石，箭竹绵延，覆盖山谷、山梁和山顶。它和湖北海棠、花楸、山楂、红桦、巴山冷杉交织一起，与巴山冷杉为友伴植物。箭竹丛林中，亚洲黑熊和野猪优游散淡地生活。

山民的居住地多金竹和水竹，还有斑竹。茶园生水竹，每年春天，亚洲黑熊光顾，掰笋自食，抛下一堆笋衣。竹笋破土的日子，我也上山折笋，炒竹笋腊肉，也水煮晒干一些，备作煲汤之用。折去茶园的竹笋，也是为了保护茶树，竹子的扩张力强大，逐步蚕食茶园。在这里，我要对竹子的侵略进行防卫。

为了制作花架，曾去农友的竹园伐过许多的竹子。玫瑰园中，间种了一些月季和蔷薇。搭起竹架将月季支撑到五米高，让它开成花柱和花墙。每当春末夏初月季花开，蜂蝶飞舞，鸟雀啼鸣，红举峡谷展现无限生机。

三

只有在端午节到来的时候，我才会想起大冶铜山口天台山的箬竹。年少时，赶在节前上山去采箬叶包粽子。那有箬叶清气的粽子，里面的米青绿软糯，给节日添了一份平和生活之乐。我在神农架没有寻找到箬叶，曾经以为下谷乡有，却也没有寻到；去往相思岭的河边生长大片的竹，竹下一只只竹蛙鼓起声囊鸣叫，声音尖锐，几乎盖住流水声。

设若要寻找郑板桥的空灵竹境，我想到从黄梅五祖寺通往老祖寺的竹。它们在深切的河床两岸生长。巨大浑圆的花岗岩错落重叠，清水黄沙的河流淌着半河阳光，竹子从岩隙间伸展出清新的枝叶，独具禅意。那里正是六祖慧能道出"菩提本无树，明镜亦非台。本来无一物，何处惹尘埃"的地方，可惜板桥先生未至此境，我是去登紫云山时路过那里。

曾在温州城郊农家小院吃过最好的笋——马蹄笋，它鲜嫩而清脆，又能从清甜里吃到微苦，这与人生相似。马蹄笋实是笋中佼佼者。但我没有见过孕育马蹄笋的竹，它是禾本科簕竹属绿竹。我想象它一片青葱，夏天八月出笋，状若马蹄，据称挖出四个小时不食即败，失去鲜味。

蕲竹是一种蛇形的竹，打破我对竹的认知。曾去雨湖泛舟，在李时珍陵园见过蕲竹，它不是环节，而是交叉绕节。雨湖中有一个老龙潭，深邃无底。王宣村的渔民屡次想探知它的深度而不得。某船夫少时曾到老龙潭边摸鱼，那里水冷刺骨，有非常多的鳜鱼和湖蚌聚集，它们喜欢清凉与清洁；他说再往下一点去，就会心生恐惧而飞快地逃离。村中一个老渔民曾在一个雷电交加的下午，看到湖中的荷叶迅疾向两边分离。他定睛一看，一道蓝色的闪电照耀着一头飞翔的水牛疾速飞越雨湖的荷间，导致荷叶向两边倒伏，而水牛在雷雨中消失。老渔民认为他看到的是水牛精。后来重游李时珍陵园，得知蕲州建立交桥，老龙潭的位置设计有桥墩，结果因深难触底，影响施工进度，费尽周折。

近时又有研究者否定绕节竹为蕲竹，以为丛竹才是蕲竹。顾景星的《蕲竹》诗是这么写的："蕲竹能吹彩凤鸣，弥筍纤簟胜桃笙。只因兵火摧残尽，寻遍空山无一茎。"如果蕲竹像丛竹那样瘦小，编席子（簟）估计有难度。

诗中说，顾景星的时代已经没有蕲竹，其实不然，世界上没有一种竹子可以伐尽。竹子与树不同，竹子伐尽，生笋更旺。

蕲竹又叫笛竹，且叫笛竹的时间更早。白居易被贬往九江的时候路过蕲州，买了一床竹席送给元稹，附诗一首："笛竹出蕲春，霜刀劈翠筠。织成双锁簟，寄与独眠人。"我坚信绕节竹是蕲竹，因为绕节竹根据节理编织竹席可以花样百出，否则就不必麻烦白诗人买来当作礼物相送，哪怕他们同是被贬人，易获失眠。

四

神农架的奇特竹子，我获得两种。去新华乡大踪峡的时候，遇到刺竹，环节长刺，与我认知中的光洁滑润的竹子形象大不相同。取了一节做拐杖，留作纪念。

大踪峡的峡口离公路十六公里，沿河床行走，过小踪峡才有尺宽的小径，镂在悬崖上。我返回时，放下两只手用四肢行走，听见前方咚咚两声巨响，吓得要跑，却无路可逃。抬头看，一群猕猴攀上悬崖绕峰逃去。响声是它们蹬落的山石滚进河谷发出的声音。我想，找什么野人啊，真有机会遇到野人，还没照面，听见声音就吓得哆嗦了。

长刺的竹子已经够奇，我记住那半亩竹林，搁在心底锁为秘密。若干年后，去九冲的万家沟，我又见到一种方竹。它的环节也有刺，植物学上称为气根，竹竿却长成四方状，显然不是在大踪峡遇到的刺竹，刺竹是圆的。

我寻思，如果继续寻找，还可能找到另外的竹子。在万家沟，我同时遇到蚬壳花椒，形状似蚬，集结一起；另外还遇到野豇豆，它的根茎像山药，也可食。

竹子这类植物，往往是一种竹子漫山遍野地簇拥生长。研究中国古代科技史的英国人李约瑟博士形容，中国南方那些竹子茂密生长，枝叶升腾如爆炸的气浪。我以为这是至今为止读到的对竹海最为传神的描写。

<h1 style="text-align:center">五</h1>

喜欢竹子，当然更喜欢笋。我的祖籍在江西遂川左安镇的樟木溪，童年爱吃冬笋炒腊鸭。遂川的红毛腊鸭炒毛竹冬笋，那是无可比拟的。在叔叔的中药铺里，常有人冬天来烤火聊天，说有个神人，看一眼竹枝，就知道竹根往哪边生长，当然，有竹根才有笋。冬笋藏在地下，一锄挖出个冬笋，必是天才。那时候我就动念要去挖冬笋。

如今，若是去挖冬笋，我知道竹根往哪边长了——就往松软肥沃泥土的方向生长。竹子也非天生喜欢石缝，有好土它们也是快乐的。这个经验，从茶园管理得来。树林边的茶树生长较弱，不完全是因为大树遮了它们的光。茶园施了腐殖土，土壤肥沃，大树都知道将根往这边生长。明压比不过暗夺，大树根抢了茶树的养分。

赣南红壤地带，遍生毛竹的大山也是我记忆中不能磨灭的风景。我对苏东坡充满崇敬，最认同他的"不可居无竹"。不过，在没有机会吃腊鸭的神农架，土猪腊肉炒竹笋也相当好。我这样想，居有竹，食有肉，合而为之，以竹笋炒肉，才是雅俗大融合，这样是不是一种农耕好生活？

森林中有许多酒

种 竹

一

房子的旁边有一丛竹、一丛美人蕉，还有一蓬金银花爬到院墙上，山居的氛围出来了。

到山上选竹子。茶山的大沟里生水竹；往南面走，有金竹；再向南往百草冲走，有箭竹。三样竹子都挖回来，水竹和金竹种在房子靠马路的一边，箭竹种在葡萄架下面。

先挖水竹，水竹容易成林，水竹笋子炒腊肉好吃。在大冶矿山的时候，每年春天都上天台山去拔水竹笋。大冶有四大名山，天台、云台、东方、白雉。现在觉得那都是些小山，神农架的山从上百公里外一座座往上垒，海拔超过 3000 米的山有六座。

现在看来，山越高竹子长得越小。神农顶和板壁岩那边，大片大片地生长箭竹，那是野猪和熊的乐园。它们吃着世界最好的笋子。我这里海拔 1200 米，只有中等以下的竹子，找不到楠竹。

一根小水竹，种在院墙外的坎下。种下以后常给它浇水，弄些腐殖土围在根边。

这根孤零零的水竹，种下去一直活着，没掉叶子，可也一直没长枝，一年都没有长。第二年，竹子依然如故。我想它应该长出笋子了，旁边有个嫩物，拨开落叶，是根草芽。这竹子太固执，我再去山上挖大些的竹子回来栽上。

信心受到打击，索性请人上山挖十棵金竹一并种上，总有一棵会拔节抽笋。然而，十棵竹子老死不相往来，各自孤立在那里。想象中的一片竹林，夏天里绿荫招摇，蝉鸣声声。夏去秋来，冬天森林进入休眠，又等春天——等待竹子生长的时间真的漫长。

二

竹子跟我相伴的时间很久。小时候睡竹子编的摇篮，大时睡竹席和竹床，坐竹椅，用竹筷，竹子在生活中没有离开过。神农架这个地方没见有摇篮，人们把小孩用竹背篓背起来，也有人将患病或走路不便的老年人背着走。竹背篓在这里叫作花背，上山下地背任何东西都是一个花背。长长的日子，一个花背背来背去。

曾经看到一篇博士论文，论中国西南山地的背篓样式，配了实物照片，现在证实确实如此。背小孩的背篓有个台阶，适合小孩坐在上面。背散装庄稼诸如苞谷和土豆的背篓，沿口和内部空间都大。背石块和砖头的背篓容积小，竹片厚实坚牢。

背篓上的人生与人生的背篓，反正与竹子是分不开了。

没有竹筷，尚能用木筷和刀叉吃肉，或者像青海牧民吃手抓肉。但是，没有竹管制作的毛笔呢？郑板桥也画不出画来。更早的时候，书都刻在竹子上。我们村的人，种竹原不为赏竹，目的在于用竹。

离开了竹子，生活会是什么样？

三

盼着我种的竹子快快成林，我要用它们来种豆和搭花架子。三年过去，春天的雨后，发现最先种的那一根竹，忽地抽出一个小笋。我快乐得想在雨中奔跑，我的竹，你终于生长了啊！但是，金竹没有抽笋，它们依然孤零零地立着。春雨落在竹上，竹叶挑着晶亮的雨珠，仿佛春雨进不了它们的心里。

有一根竹子抽笋，代表其他的竹子都可以抽笋。轻轻地抚摸了一下竹笋，它也轻轻弹动了一下，抚摸是生命间至亲密的表达。这时候，吃笋子的念头早已烟消云散，只希望它快快长成竹子，崭新的竹子，亭亭玉立的竹子，生于尘世而一尘不染的竹子，一棵把夏天的风摇绿的竹子。

又过了些年月，金竹抽笋了，有一棵抽出五根笋。我拍照放到网上，网友说，快拔了炒腊肉！我说怎么可以，这是我的竹，我的笋，不可以拔了炒腊肉。我只愿意去山上拔野生竹笋，或者到人家的竹林拔笋。我的笋，是新生的力量和希望。

四

竹子这种禾本科植物，六十年开花结子，种子跟同科的稻米相似。结子以后，竹子就死了，成片地死，甚至几座山的竹子都落叶而枯。我在 2004 年第一次登上神农架的时候，赶上一轮箭竹的枯死。从神农顶，到瞭望塔，再往板壁岩、猴子石去，直到太子垭，箭竹都到了自然死亡期。大面积的箭竹斜挺着灰白色的枯秆。它们不倒，守望着落地的种子发芽，成长。等到新的箭竹长大，它们才倒伏腐烂。我觉得很悲壮。到 2007 年，我看见箭竹的小苗长起来了，想到大熊猫，它们每六十年有一场灾难。

移栽的竹子不长枝叶，保持沉默，地底下的根不住生长，向四面八方扩张，长成一片网。差不多经过三到四年时间，竹子感觉根系长得差不多了，开始向上长笋。出笋的头一年，一根两根的；下一年的春天，每棵竹子五根八根地出笋，笋子一齐破土而出，由笋而竹，忽然成林。成林之后，无论刀砍火烧，都灭不掉竹子，砍得越多，春天出笋越旺盛。我的水竹，就是这样子，出笋子后，仿佛有了抽笋的兴趣，迅猛地长成一丛。

有一天，我去拍了拍竹子，想说句什么，却什么也想不起来，只好拣了一句时下中国人的习惯用语：兄弟，你也不容易。

现在夜深人静——唉，我这里也没有人，夜深鸟静吧——风吹竹林，阵阵沙沙声。以为天已降雨，拉开窗帘，但见明月当空照。

森林中有许多酒

孤独的小个子银露梅

误解是永恒的，而正解往往难以给人深刻记忆。我对银露梅的认识，基于在板壁岩和神农顶的乱岩中撞见它们，并且以为它们非那样的环境不生长。我没有在神农架林下肥沃的土壤和厚积腐草的草甸上看到它们的身影，所以认定银露梅不喜欢大多数植物热爱的好生境。

在板壁岩和神农顶的乱岩中，银露梅植根岩隙，依岩而生，给了我非常强烈的印象。它们的叶子和花朵十分朴实。如果像龙胆草或者香青那样随意长在路边，我就不会记住它们了。

银露梅的确是生长在高海拔的寒冷地带，它分布在海拔大约1400米到4200米区间，因而在青藏高原和蒙古草原看见它们不足为奇。据说银露梅还是骆驼喜爱吃的植物。它也是我个人认识的蔷薇科家族里最具抗寒能力的成员。

那一年，我发誓要走遍神农架所有的地方，认识大部分神农架植物。这个冲动使我受益。真的走了很多地方，认识了许多植物，其中包括银露梅。先走景区，后走无人区。板壁岩是一片石芽地貌，我听过它的许多恐怖故事，以至于专门选一个小雨的黄昏一个人去板壁岩游荡。

记不清去过多少次板壁岩，却能记得那里的植物，诸如茶藨子、刺五加、七筋姑、太白韭、长翼凤仙花、八角莲、黄花杓兰、花楸和银露梅。这些植物只有在寒冷的地区容易见到。我在板壁岩观赏植物时，感觉十分受用，徒步其中，有入幻境之感。

那时候我爬山就喘，走在地形较缓的板壁岩，喘得不那么狠。真是不到高山，不知道深喘。有一次跟着一位中国科学院的动物学博士爬山，发现，动物学博士的爬山能力是一个标杆。他能快能慢，可以曲折迂回，与运动型登山者不是一个类型。博士走一段，等我一下，他显然对爬山大喘的人司空见惯。停下来观察一下周边，冷杉下面长了大片的鬼灯檠。

我喘，我存在。赶上博士时，我将笛卡尔的名言"我思故我在"改了一下，以掩饰大喘不息加大汗淋漓的尴尬。此后，我逼迫自己一个人登山。终于，今天的我，成为孤独的森林漫步者。

在板壁岩认识了银露梅，惯性思维作怪，以为这植物一定生长在高寒的岩石上，孤傲，特立独行，如先贤们眼中的寒梅——别人都卸妆且在冬雪中瑟瑟发抖，它却鲜花怒放。接着在神农顶见到银露梅，又强化了我的这个印象。

后来去了一趟青藏高原，改变了我的想法。银露梅和金露梅的确都喜欢傍岩而生，但那不是它们的唯一生境。并且，植物的耐寒性，取决于它们身体里的束缚水与自由水的比值，束

森林中有许多酒

缚水比值高，代谢慢，抗逆强，耐寒冷，但生长力弱；自由水比值高的植物，正好与之相反。

孤独的小个子银露梅，久久地存在我的记忆里。一直想恰当地描述它们，就像很想写一位老朋友，却无从着笔。

在爬满苔藓的岩石旁，银露梅枝丫虬曲，坚韧有力，花繁叶茂，一棵树的形态，已被它的基因锁定。或许，它自有那么一份坦然：本树就是这个样子，你爱怎么想就怎么想吧，赞美没意义，批评无价值，活着便是唯一。

山楂树

打霜了，地上一层很厚的白霜，下雪的时间还会远么？路边，惊现一树红亮的野山楂果。平时没有留意它的存在，它像一个异乡人挤入都市的人流，没有人感觉到它的特殊。阔叶林的叶子落下，野山楂树的叶子也落下，枝头的果实彰显存在，透露蔷薇科植物的传播策略：它们在等待一只或者一群鸟来进食，然后将种子带去远方。

神农架的冬天，红果能给萧瑟的铁锈色落叶林诸多坚执之艳。蔷薇、火棘、枸子、海棠以及山楂立在林中和崖下，暖阳斜照，透亮晶莹，即使覆上一层白雪，雪下的红艳也掩不住。微风轻摇，红白互映。

我对野山楂有许多想法。它属于小乔木，地面一段树干长满利刺，中上段树干和枝丫光洁，这种生长策略目的在于防范野猪和羚羊对它的伤害。森林中每一种树都有它独特的生存思想。如华榛树的树皮，披甲一般，每一节下部断裂翘起，层层上递，给攀缘的小动物许多阻障，令它们难以爬上树冠窃取华榛的果实。漆树以化学方式自卫，如果伤到它的树皮，它便愤怒分泌出乳白色浓黏的树浆，它的攻击者沾上后，肿胀难受且去除不掉。

野山楂是植物界豪猪，肩部以下长刺，坚硬而锋利，令人望之退却三步。火棘、海棠将刺长在新生枝干上，贴近地面部分的刺随着木质老化而脱落。许多种蔷薇、玫瑰也一样，越嫩的枝条，刺愈锋利，因柔嫩的部位易受伤。野山楂反之，相当于在腿脚上长刺。

一度花费很多时间流连野山楂树旁，观察它的锥子般的尖刺，感觉树干长得真像狼牙棒。曾跟朋友开玩笑说，我要研究植物心理学。植物也有心理，它的心理表达在它的形态上。我们都是动物，与植物不在一个界，必然认为支配行为的思想出自大脑。植物当然不这样认为。大脑是个什么东西？植物一定会思考，而且会认为把思想放在头上有多么危险。植物被砍头，照样思考，向上生长。植物的思想重在后代，一株小小的蒲公英，也会借力好风，让种子飞向四面八方。

枝条密布的森林，野山楂尖刺密布的树干直立，大约一米八至两米高的地方展开树冠。高海拔云雾氤氲的生境中，它身上还长满寄生地衣，灰绿泛白，斑斑驳驳，枝条挂着流苏般的松萝。

佛家流传一首《吟山楂》："枝屈狰狞伴日斜，迎风昂首朴无华。从容岁月带微笑，淡泊人生酸果花。"这是传统文化的借物言志思路。也许是少年时期受到鲁迅先生的影响吧，对此我不太以为然。比如批评笋为"嘴尖皮厚腹中空"，让人不寒而栗。细思，也是一个分支。回到谢灵运的诗路，人乃自然之子，行在自然中，沐浴四季风。

对于山楂的表述，来自地球另一半的声音精准而翔实。山楂在欧洲历史和欧洲人生活细节的地位，给了我许多的感叹。美国作家比尔·沃恩的《山楂树传奇》，称山楂是远古以来的食物、药品和精神食粮。出版者认为，《山楂树传奇》将英格兰、美国、法国和中国等大陆文明的发展紧密结合在一起。无论是凯尔特人占领罗马，还是卡斯特将军在小比格霍恩河战役中战败，抑或爱尔兰人在大饥荒之后的衰败，山楂树都在其中发挥过令人称奇的作用。

一个雪天，我走在山梁上，蓦然看见一幕：一只羚羊站在野山楂树下，伫立良久离去。野山楂树干的刺，恰好长到一羊高的位置。或者说，一羊高为野山楂树的考量。在没膝厚的雪被上，羚羊可寻找的食物是那些露在雪面上的灌木枝叶、芒草的叶子，和树皮。我看到过青杆树的皮和寄生在皮上的苔藓被动物啃噬。

灌木和小乔木的蔷薇科植物，以刺为防卫武器，人类借此将它们种植为篱笆，筑起另一种防卫线。但是以一羊高来设计树干的利刺分布，野山楂真是处心积虑。

森林中有许多酒

水边的枫杨树

一线秋水。秋天的时候，石槽河退水。躺在河床的沙滩上，斑驳的阳光从树隙筛下来，映在人的身上，几许温暖，又有一握清凉。水中的鱼儿喧闹，它们的声音我听不到。河岸边，立着成排的湖北枫杨树。真的是，一河春水已远逝，岁岁年年树相同。

这几株大枫杨树，貌似以恒定的姿态站立，树冠却又伸展了一些，它与对岸的盐肤木几乎要相握。大枫杨树的右边，一株少年的枫杨树长到与大枫杨树齐肩。多么快的成长，前年见到它时，才与我等高。原也不想与树比高，唯将自己当作一把行走的尺，来丈量树木，观察它们的成长速度。

湖北枫杨树是个特例，它生长在高海拔山区的河边和溪畔。在我的鄂东南丘陵地区，枫杨树随处可见。跟着水的脚步，我在杭州西溪湿地深潭口看到沿岸的枫杨树，问一位大嫂，你们叫它什么树？她说，我们叫它元宝树。元宝，指的是枫杨树带果翅的种子，那长长的一串，挂在枫杨树上，像它的耳坠。

很少见到唐宋诗人歌咏枫杨树，一直以为，两朝诗人已经将大地上的植物歌咏完，难道在水边能够闪过枫杨树行走？为何诗人笔下唯柳，或者杨？只有现代建材与土木工程专家吴中伟写有"枫杨叶落涧潺潺，涨水平湖连碧天"。

我觉得中国诗歌和植物史都反常，咏枫或咏杨的诗比树叶还多，与枫杨树为伴的柳更是几乎成为诗人的独宠。为什么？非枫非杨的枫杨树受到如此冷待，难道枫杨树不可以成为风景？难道枫杨树不该被歌咏？转念一想，释然。枫叶烈焰般的火红，柳枝随风飘扬的柔姿，在植物界登峰造极，何止枫杨不及，其他植物也多不能及。

农友说，小时候砸枫杨叶子到小水潭闹鱼，枫杨的叶子含有小毒。住在官门山时，一度熬枫杨树叶制作生物土农药，想把吃包菜的蛞蝓给杀死，药效不太佳，不及用草木灰撒在蛞蝓身上。但查到一个资料，养鱼人都不在塘边种枫杨，它的叶子掉进水中，对鱼儿生长不利。

可是，天然的河流岸边，却生长许多枫杨。当代作家苏童的小说，用特别多的笔墨描写他的故乡的枫杨树。我童年对枫杨树的认识，多是恐惧它叶子上长的毛辣子，触碰到会令人皮肤红肿。其实直到现在，我也无法了解枫杨树，但是很想接近和认识它。

在南方，有水的地方都有枫杨树。夏天的时候，枫杨树上的蝉鸣尤其响亮。从前用铁丝弯一个圈，扎在竹棍一端，蒙上许多的蜘蛛丝，就成了一个小粘网，爬到枫杨树上去粘鸣蝉——我们叫蝉为知了，因为它总是"知了知了"地叫。

森林中有许多酒

下水摸鱼，爬树捉蝉，与枫杨树相处的时间多，遂熟悉了枫杨树，以及枫杨树的味道。唯说不出枫杨树的一二三，这是非常奇怪的情况。枫杨树一直在生命的历程中存在，它就在那里，包括我现在的小河边。

短章
II

叫成一个繁华的森林

羚 羊

阳光灿烂。阳光将向阳坡的雪晒融了。

一只红嘴蓝鹊飞到窗台上向里面窥视，将我搅醒了——有时候人没有什么愿望，就是想懒洋洋地睡觉。起床，沿着河去拍鸟兽。

这几天，有一只羚羊频频到河边来喝水，今天下午能否拍到它？

栗子坡茶园的春兰，被羚羊拦腰吃齐。它独爱春兰，蕙兰就没有事。

喜欢自然的原因之一，是这里有丛林法则。有法则就不用太担心，悠然自如进山。

野山羊

雨住天晴，雾渐渐离了山头，绿叶中多出几簇红叶。不朽的时间，随了秋雨踏入森林。

天亮时狗子大吠，循声望去，一头野山羊在

山脚月牙形的地上吃豆苗。拿相机拍照，储存卡卡住。野山羊从容吃过一阵豆苗，缓缓地踏着陡坡进入森林。

一只白的野山羊。它可能还会来吃豆子。

小河涨水，声大。

岩松鼠

下午，去河边茶园看蜂子，拍到了岩松鼠。它们吱吱的叫声很响亮，常被误认作鸟叫。

神农架松鼠种类丰富，以前拍到过花鼠。岩松鼠不冬眠，以植物种子为食。

雪化了，岩松鼠们出来嬉戏追逐。去年种了许多玉米给它们吃，今年没有了。要去买玉米。

给它们一点吃食，它们就朋友一样亲切。

鹿

森林漫步，河流与鸟语相伴。阳光暖融融的，洒在落叶的森林上。阔叶落叶林只剩些许壳斗科的树叶黄在枝头尚未落尽，真个是空旷的森林。间或有麂子的啼叫，传很远。

麂子发声，像努力地吼，叫声是粗哑的"卧！"。设若不识其声，那一定是要吓趴的。原始森林中的动物，叫声一般都不温柔。

有时候幻想，狼、羚羊、豹、熊、鹿都在山里叫，叫成一个繁华的森林，有多美！嗯，野猪就别叫了，哼哼，一点儿不好听。豺叫也不好听。最好听的是虎叫，声音足以撕裂山梁。听几声虎叫，下山进城，都有无限豪情。

麂子和其他草食动物，冬天喜欢待在灌木林里。茶树恰好是灌木，可供它们藏身。

不过，每到冬天，茶园种的春兰、春剑就遭殃了，它们会被麂子齐腰吃了。

金丝猴

金丝猴从黎明醒来，它们在一片巴山冷杉和秦岭松混交林中"噫……噫"地叫着。

过去，神农架高山上遍布巴山冷杉。它们喜欢生长在海拔 2000 米以上的高山上，耐寒和阴，果壳蓝色。树栖的金丝猴喜欢在上面过夜。

觉得金丝猴身上无一丝媚气，尤喜欢它的眼睛，那是纯粹的眼睛。在原始森林中，有机会与它对视，会派生出心灵的纯净。

这时候，大山雀、星鸦、白头翁、红嘴蓝鹊也都开始叫起来，森林的早晨热闹非凡。我们是一群闯进森林的异客么？有时候我想，我的祖先也在森林中生活的，我是回老家来看看。

红嘴蓝鹊

红嘴蓝鹊的叫声，把人从梦里唤醒。嘿，鸟们，能不能不叫得那么早呢？

在鸦科的鸟类中，红嘴蓝鹊简直被归错类了，美丽多彩，歌声动听。它有凶悍的温柔。长尾若裙，飘飘多姿，攻击时所向无敌。

红嘴蓝鹊的语汇多于其他的鸟，一度想研究它的语言。

天上，布着几缕红云，是一小片霞濡染开的。

清凉的早晨，这是时光比较嫩的部分。晨光抹在森林上，迎光的叶子呈浅绿，背光的叶子呈深绿。

安静的叶子，表达生命的叶子。这是叶子的世界。针叶、披针叶、卵叶……无尽的叶子。生活在叶子的世界里，满目的绿。

青青的气息在空中弥漫。

世界，在晨光中绿着——包括鸟啼的声音。

森林中有许多酒

大山雀

大雾弥漫，笼罩了山头，山与天际遂融为一体，洁白的森林与白茫茫的天空失去了界限。

早晨有白鹡鸰和大山雀来院子里，飞跃与觅食，各自用自己的声音鸣叫。一种鸟一个语系，它们可能只有警语可相通。

大山雀鸣声清脆，活泼灵动，极少停留在一个枝头。

白鹡鸰叫声，细分析，说的是：彼此彼此彼此！

森林的时间，有梦幻般的声音。

白鹡鸰

森林无风，阳光普照。白鹡鸰叫。间有一只蝴蝶从空中飘过。

柔凉的空气，草本植物开花。板栗树伸展枝丫，静默地立着。山柳树也立着。全部的森林立着。

鸟的声音与蝶翅滑过阳光。

山脊上的松树，顶着铺了薄云的蓝天。打破碗花花，沿河岸而开。

坐在山中听蝉鸣。靠在藤椅上，静望山外，阳光打在森林上。蝉鸣高一声低一声，间短间长，仿佛岁月被蝉声丈量。

北红尾鸲

沁凉的秋天，叶子渐渐转黄。山梁绕着一条薄雾之带。

金菊花开了，星星点点，布满林缘。

各种鸟类都从高山下到谷地，向茶园聚集。静谧之晨，有只北红尾鸲在鸣叫，冬天快来了。

喜欢北红尾鸲，它是童年在雪地上的鸟，灵动，独行。红举村有很多的北红尾鸲，喜欢在河边的树林跳动。

有时候，我会忧虑冬天的萧瑟，那是世界最深远的宁静，在原始森林包围中。

领雀嘴鹎

清晨，凉意透过阳光覆盖。流水的心情，倾泻于峡谷。

阳光抹在山梁上，一些叶子转向淡黄，一些

森林中有许多酒

叶子依然一团墨绿。

领雀嘴鹎开始啼叫。领雀嘴鹎喜欢待在樟科植物上，有时候无端推测，它吃的果子可能多于虫子。

无风。静默的树。

河水流动。这是一条北流河，日日夜夜流往北方。

天蓝若洗，清凉的空气弥漫露水的微甜。永世繁茂的森林，我住在梦的中间。

过些时日开始种玫瑰，无限的玫瑰，它们会给岁月以花朵。

雪地追踪

　　如果将我自己走过的路放一根线，感觉会绞缠得厉害，打上许多的结——足迹的结。但是，从来没有审视自己走过的路径，我把路放在后面，长奔或者徘徊。路在昨天。倒是喜欢看人家的路，检讨曲直。

　　初到神农架的时候，我看到另类的路——兽的路。那是2006年的冬天，我发现羚羊足迹，试图解开羚羊之路的结，循着足迹去追赶羚羊。

　　大龙潭的冬天，天空开阔，阳光灿烂。雾凇的森林白茫茫，千树万树银花开。尺许厚的雪覆盖落叶、岩石和地上的枯藤。阳光照耀在雪地上，雪粒呈现五彩斑斓的光泽。大写意的山坡与河谷，起伏柔和的雪被，直让人想在上面打个滚。宁静的大龙潭长峡，偶有一两声星鸦发出的沙哑啼叫。喜欢雪地上的阳光，还有路旁结满红亮晶莹小圆果的平枝栒子。空气中轻柔的阳光像只温暖的大手，拂着人的脸庞和脖颈，给予辽阔的林海雪原些许温情。

森林中有许多酒

雪地上，有纷杂的羚羊蹄印，这些蹄印立即将我拉近原始森林。既然足迹可以让羚羊踪迹大白于雪地，其他兽呢？一样可以循迹而寻，这下子它们没有地方躲藏了吧？

从凌乱纷杂的羚羊蹄印中寻找到一个明晰方向，然后跟着足迹走，我以为这样拍摄动物大有可为，心中窃喜。追出数十米，那蹄印转个弯，又回来了。又像松解绳结一样，找到新的方向，循着蹄印往另一个方向走。总之，我认为这只羚羊的踪迹断不了，至少我能追寻到它去的方向，或许能找到它的居所。它们一般栖息在突出的大岩石下面，即一个开放式的山洞。

循着蹄印走出一段路程，也许这是羚羊返回去的路。然而，羚羊走到一处断崖且翻过去了。目测了一下，我也能翻过去。于是，我像头笨熊，翻了过去。羚羊却没有继续往前走，它又折返回来。我再翻过断崖回来，羚羊在一截平路走出很远。雪地上，一切的物质都被冰封雪冻，那些岩隙的流泉，业已定格为一串水晶的冰凌。我大汗淋漓，冻僵的脚趾都开始发热。嘴巴呵出大团大团的白雾。

羚羊走过一截平路之后，向山坡下面走去。我连滚带滑下山坡，羚羊拐个弯，朝着坡上斜走上去。跟着足迹上坡，羚羊又拐向一片密林，这密林荆棘丛生。纵是被雪塑出许多优美的线条，荆棘依然是荆棘。这一下，我没法穿越过去，喘着粗气，感觉心都要呼出去。我认输了。对于羚羊，这一段路可能只是跳了一小段圆舞曲，我可是拼了一个上午的命。

羚羊足迹的结可以解开，但是无法溯及，始明白没有一只羚羊会将自己的踪迹暴露无遗。它们设计的路线，给一切可能的狩猎者布下不可能逾越的关卡。

好吧，羚羊在森林中是健跑冠军，我去雪地上寻找弱一点的家伙。

找到野兔的脚印。野兔是蹦着走路，前脚叉开落地，两只后脚拼成一点超过前脚落地，一步便在雪地上形成三个点，差不多是个锐三角。

野兔跑不了羚羊那么远，纵是有三窟，也只有三窟吧。循着野兔的脚印走，也有点绕，无妨；荆棘丛里面穿梭，也无妨。我跟着一行野兔的脚印追，绕过几堆刺丛，它钻入一个洞。心想这就是它的家，逃不掉了。抬头往前面一看，那边还有一个洞，它从那个洞口又走出一行脚印。跟着找，左一个洞右一个洞，我就晕了。野兔到底去了哪里？我也不清楚。初来时雄心勃勃，现在却如皮球完全泄气。

天底下，谁都寻出保全自己的方法。我想，兽的路径岂止有结，还有千丝万缕，无法做简单的解析，这个要接着研究。

森林中有许多酒

鸟自画

夏天的时候，我在墙上悬了一盏灯，让森林的浓黑之夜有一点光亮，驱逐那无边无际的莫名恐惧，给水渠溯流觅食的鱼儿招引昆虫。从生物平等的角度来说，这么做不太厚道，让昆虫扑灯，成就鱼腹之乐。可是，我还是这么做了，虽然内心觉得昆虫一样是地球生物圈的一员。

那时候，鱼池里放了许多丁鲅鱼。它们每夜都到灯光明亮的地方捕食落水昆虫，追逐与争食之间，咬出"啵啵"的水声，让夜晚充满生机。如果有一位有思想的昆虫看见这景象，会发出感叹：我们追求光明，却葬身鱼腹。

许多聪明的蝴蝶与蛾子趴在墙上，沐浴电灯的明亮之光。鱼儿在水中游来游去，它们吃不到趴在墙上的虫子，也许它们也看不到墙上的虫子。待到东方既白，它们纷纷撤回大鱼池的深水区。

森林里的虫子多。春天，虫子从惊蛰醒来的时候，在空中飞。我于劳动之余，躺在茶园松软的土地上。土地散发着青草的气息，也能闻到花朵的芬芳。空中，一个个虫子疾速飞过。春天的晌午，虫子往西面飞，流星一般。看不清楚虫子的面目，它们一个个地飞过去，以天空为背景。我觉得这些虫子集结起来，会有多少万吨的重量。没有一棵树的叶子完整，被虫子咬出圆眼，咬出缺口；有些叶子和枝条出现虫瘿，一眼看去，心颤，发麻。我不认为植物仇恨虫子，否则，植物怎么会开出许多艳丽的花朵招引虫子？植物以芬芳和艳丽的诱惑，招引来虫子，给虫子以蜜，世界上会有这样的仇恨么？

我曾经在茶园徒手捕捉虫子，捕捉的是蜘蛛。蜘蛛都是肉食虫类，对茶叶无兴趣，只是借助茶树梢的平台织网，然后在网下面将一枚茶叶卷成一个圆筒，它就住在能遮风蔽雨的圆筒里面。当有虫子撞过来，在黏性十足的蜘蛛网上挣扎，住在圆筒里面的蜘蛛立即爬出来，冲着挣扎的虫子注上一针毒液。虫子休克，蜘蛛将虫子搬到圆筒里面享用。

问题在于蜘蛛在茶树梢上结网，沾上树叶、草屑、花瓣、尘土和露水，网下面的茶叶就长不好了。随风摇动的茶树梢，被张力十足的蜘蛛网拉紧，收缩一团，这团茶叶便发黄枯萎。所以，茶人视蜘蛛为害。茶毛虫、尺蠖等虫子可能会吃掉一枚茶叶，蜘蛛结网，能灭掉一大片茶叶。

捉蜘蛛的风险大，它有毒针。捉它有两个方法。看见蜘蛛网后，查找到网下的那个茶叶卷成的圆筒，用三个指头飞速一捏，蜘蛛亡矣。如果那里茶枝密集，伸手就容易惊动蜘蛛。这时候用一根枝条轻轻拨动蜘蛛网，蜘蛛以为有虫子落网了，快速爬出来。此时合掌一拍，蜘蛛亦亡。

森林中有许多酒

悼念那么多因为我而离世的蜘蛛。那么，因灯光诱惑而葬身鱼腹的虫子，应该感到荣光，那些鱼多么漂亮啊！

每天黎明，鸟类多了起来，主要是大山雀叫喳喳，也有白鹡鸰叫。院子安宁洁静，月季花开，成了鸟儿乐园。

一个早晨，我站在窗前仔细观察鸣叫的鸟儿，霎时惊呆：围着电灯的那一片白墙，贴满了鸟；它们展开翅膀，抖开尾巴，像一幅鸟画。天哪，从前看过那么多世界名画，从没见过这样一幅鸟画。不过，这画很像版画，或者水墨画。贴在墙上的鸟儿，不时抖翅飞起来，重新贴到墙上，不断地进行新的组合，鸟画成为动态图组。我不敢近前去惊扰它们，拿出望远镜看，噢，鸟儿正啄食趴在墙上的蝴蝶和蛾子。

鸟儿哪里是来光顾我的院子，它们是发现了这里有大批的虫源，于是每一个黎明都聚集过来。这里确实是鸟类乐园。逃过了鱼腹的虫子，又成鸟类的美餐。大约这便是丛林法则，大鸟吃小鸟，小鸟吃虫子，虫子吃叶子，叶子只有饮风喝露了。

鸟的画一直在组合，直到冬天没有了虫子。它们汇聚到玫瑰园吃蒿草的种子，在枯草丛中跳来跳去。为了鸟儿在这里安乐过冬，我每年除草的时候，会特意留下一片野蒿不除，让它们结满种子。鸟儿有了冬粮，它们的鸣叫很清脆。

我曾动念想拍一本红举村鸟谱，拍到第36种鸟的时候中止了。红举峡谷是一个鸟类天堂。

彭鸿在漆园的山上建了一个鸟类观赏点，冬天吸引到林区鸟协的朋友来拍鸟。我却有点自私，自己观赏鸟类就好，何必招引天下的人都来观鸟？

佩剑者红嘴蓝鹊

红嘴蓝鹊喜欢住在河边的林子，它们从透明水体两边的绿林里掠出。悠悠的河水，青葱的森林，蓝的天白的云，金阳光飞瀑倾泻，红嘴蓝鹊结队拖着长尾款款飞过，这画面多久都不让人生厌。

我在小龙潭北边下坡的河边第一次看到红嘴蓝鹊，它从我的头顶飞过。它的尾巴足有一尺，白色横格仿佛一寸的标记。拖曳这么长的尾巴，生活一定不方便吧？

为长尾巴的鸟犯愁，红腹锦鸡、白冠长尾雉都属这种类型。和红嘴蓝鹊每天照面，我为它犯的愁多一些，在密林穿梭是否会把尾巴折断？是否会成为猎食动物捕捉时的把柄？是否会影响逃跑的飞行速度？我乱想一通。尾巴应该有比例的，红嘴蓝鹊，你的尾巴设计得太长了。

厨房后面的河边有很陡的岸，岸上一块月牙形的平地，再往上去便是深绿阔叶林。那里面野兽踪迹多，我怀疑可能有鬼。树林里有一群红嘴蓝鹊。雨天，红嘴蓝鹊不出远门，站在河岸边的树上叫唤。

红嘴蓝鹊有时候飞过院子上空，到东边山上的松林活动。那边其实是松鼠的领地，核桃熟时常见它们越过公路，到河边的核桃树上摘核桃。松鼠对所有的坚果感兴趣，红嘴蓝鹊对所有的浆果热情满怀。我种的桑葚被红嘴蓝鹊、领雀嘴鹎和画眉瓜分，还好它们自觉，吃的是我够不着的树顶上的桑葚。

三种鸟有些区别，领雀嘴鹎对各种浆果不弃，蔷薇果、火棘果、覆盆子、桑葚、葡萄等，哪儿果子成熟，一律有它的身影。画眉吃果子，却常混迹鸡群中，吃鸡子在吃的苞谷和大米。画眉的叫声高雅圆润，行为还是有些媚俗。

红嘴蓝鹊高雅多了，我只看到它们飞到桑树上啄食桑葚，然后在空中飞翔，或者站在河床裸露的卵石上，摆出梳妆的姿态。永远长裙飘飘，永远柔情脉脉。直到有一天，一位采茶嫂打破了这个印象，她说，这种鸟最近在偷她家的鸡蛋，还吃鸡娃。天，红嘴蓝鹊如此凶悍！

鸦科是一个什么科？乌鸦之晦，喜鹊之吉，中间还有一个飘飘若仙的红嘴蓝鹊。它居然是一种猛禽，据鸟类观察者说，它能跟老鹰格斗，敢向走近鸟巢的人发出攻击。

这些事实颠覆了我对红嘴蓝鹊的想象。再看到红嘴蓝鹊，它的飘飘长尾不像长裙了，是把佩剑，一柄长过它的身体的佩剑。释然，凭什么猛禽就一定要短装？那仙鹤的长喙还是一把锋利坚硬的长钳，将水中疾速游动、有坚滑鳞片的鱼儿牢牢夹住，活活吞咽。

初秋的时候，院里的大鸡子开始下蛋，还有些小鸡自由玩耍，忽然有红嘴蓝鹊在墙外的树上集结。想起红嘴蓝鹊偷鸡蛋的事迹，放下手上的书，到阳光房往下看，没有红嘴蓝鹊发起袭击。过一会儿又看，还是没有红嘴蓝鹊飞来。

忽然，我看见一只红嘴蓝鹊叼着一个椭圆形的东西从院子上空飞过。什么东西？不像鸡蛋。冲下楼去，几只红嘴蓝鹊在小鱼池边的月季花上跳跃。它们对月季花没有兴趣的。噢，一只红嘴蓝鹊正在啄猕猴桃，那片月季花墙上，还生长着一株猕猴桃。山上的猕猴桃都结得少，院子里这株藤上结得多。

本能地过去轰赶它。红嘴蓝鹊啊，桑葚被你们吃了，桃子和苹果被人摘了，葡萄又让画眉和领雀嘴鹎吃了，现在就剩下一点猕猴桃，你们还要来吃，我都没有水果了。那只正啄着猕猴桃的红嘴蓝鹊见到我来，急急地啄下嘴下的猕猴桃，叼起，拍翅而去，身姿优美，沉稳淡定。它高高越过屋顶，朝着西边的山坡飞去。

走到猕猴桃藤下，剩下几个猕猴桃了。原始的中华猕猴桃，比鸡蛋略小。往年红嘴蓝鹊没来摘，猕猴桃长成一大片，珠帘般垂挂。

又过两天，想起猕猴桃，走过去看看，一个也没有剩下。红嘴蓝鹊真是神摘手，全部被它们摘光运走。终于领略到飘飘长尾的厉害，它们个个都是佩剑侠客、美丽的猛士。

森林中有许多酒

相濡以沫

秋天的水明亮清澈。站在小河裸露的河床，流水没过的卵石和沙砾呈现灰绿黄红白的杂色，偶有一粒硫铁矿闪着金光。寻找河水中的鱼儿。此时望穿秋水，不是在等一个人，是在等一条灵动的鱼。微凉的秋风，拂动河岸的山柳。飞落水上鹅黄色的野核桃叶，若一叶扁舟悠悠。看不见鱼，高山河流不易看到小鱼身影。

前些天秋雨连绵，小河一度涨水，淹没岸边的丛枝蓼、酸模和山冷水花。我拿小网在河边草丛捞了许久。童年时，在这样涨水的时候，能从河边捞到许多麦穗鱼、青虾和泥鳅，偶尔能捞到一条鲫鱼。高海拔山区，一泓清流映蓝天。

院子里面的水渠里却小鱼儿密集，从一厘米到二厘米长不等。它们仿佛一夜间从某个角落突然闯了出来，像突然对焦的影像，从模糊到清晰。还记得，春末夏初，大鱼池的成年鱼纷纷拥入水渠产卵，昼夜于香蒲丛拨动哗哗水声，鱼类喜欢在草丛中产卵。经过这么一段时间的孵化和生长，现在它们正度过幼稚期。我爱透过秋水观察这些小小鱼儿，它们像手表的秒针，那么具节奏而灵动地摆身。

也有更大一些的小鱼。时见十几厘米长的赤眼鳟穿梭，它们也是鱼池里的鱼二代鱼三代。赤眼鳟成熟早，繁育能力强。

有些疼惜这些小鱼。

娃娃鱼一天天长大，原来一根小指头大的娃娃鱼，现在长成大娃娃鱼了。它们藏身在避光的地方，猎取小鱼为食。

鱼池里，还有些捕食小鱼的猛鱼，黑鱼有两条，从小黑鱼长成了大黑鱼。鲇鱼、黄颡和鳜鱼也有一些。当初，出于生态平衡的考虑，让这些凶猛的鱼类入驻，使鱼池和水渠保持自然生态环境，让鱼在自然搏斗中成长。

不只有猛鱼，还常有白鹭、池鹭来袭，各种方法都驱赶不走它们。被从鱼池边赶走，它们就飞落到院子外的山柳、海棠和松树上等候时机。落在松树上时，尤其优美，有松鹤图的意境。

有一段时间，白鹭和池鹭跟我打游击。从大鱼池赶走它们，它们就飞到东边的小鱼池，有时眼睁睁看见它们叼走银闪闪的鱼。有时，它们直接到我门前的水渠捕鱼，太嚣张了。爱鸟的朋友则劝我，人家也要活啊！但是，我的脑子一直转不过来，白鹭太强大了，它们尖锐如钢钳的嘴叼住鱼儿，那鱼只有摆摆尾的份儿。烦恼之余，买来鞭炮，炸也无效；又买了复合弓、弹弓等武器，也无效果，我的箭法不准，使用弹弓也远不及童年。后来，我用网将大鱼池罩起，它们不来大鱼池了——白鹭和池鹭，对网有深刻戒心。

森林中有许多酒

终究有一个关怀弱势群体的情结。小鱼儿尚处于弱势，如果白鹭敢攻击那五六斤重的大娃娃鱼，我也能够站在中立的位置。我看娃娃鱼专家的论文，讲到解剖娃娃鱼时，在鱼腹中发现水鸟的骨头。娃娃鱼，干掉白鹭吧！

记得看到头批孵化出来的小鱼，心底抑制不住快乐的喷发。想到将来，鱼儿在鱼池和水渠中游动，拿个笟箕就能捞一碗鱼上来煮萝卜鱼汤，多美！那个晚上炒了三个菜，喝了两杯自酿的野生猕猴桃酒，以示庆贺。

看着新生的小鱼宝宝，心想要百倍地呵护它们。怎么才能让它们快快成长？给它们磨豆浆，用自己种的有机青皮大豆。豆浆倒入水里，像天空的一片云，小鱼宝宝在云间穿梭。

最先自然繁育的小鱼宝宝为尖头鲹和拉氏鲹，它们同属鲤科鲹属，能够自然杂交。鲫鱼、赤眼鳟的自然繁育发生在后面的时间。村里人将这两种鱼一律叫土鱼娃子。娃子是说它们小，如果包菜还小，就叫包菜娃子。村里人对动物和植物都有一套自己的叫法，比如叫海棠为扎布钉，可能因海棠刺扎衣服；牛膝菊叫羊膻草，我细闻，果然有羊膻味；为什么叫土鱼，我没有想清楚。

小鱼宝宝生长的速度相当之快，长到二厘米长时，能够叼起半粒米饭。我将米饭捣碎喂它们，小鱼追逐争抢。有时就放半粒米饭在水中，看它们争抢。一条行动快些的小鱼抢到米饭，叼起就跑，其他小鱼成群跟在后面急追。显然，叼着米饭没有咽下时，其他小鱼都视那半粒米饭为公共之物；如果一张口半粒米饭掉了，大家进入又一轮争抢。

抢到半粒米饭是快乐的。思想至此，不由一乐。《庄子·秋水》记载了庄子和惠子的濠梁之辩。那一天，庄子和惠子在濠水的桥上散步，庄子看着桥下水中游弋的鲦鱼曰：鲦鱼出游从容，是鱼乐也。惠子曰：子非鱼，安知鱼之乐？庄子曰：子非我，安知我不知鱼之乐？……当年我骑车过濠水时，便想起这两位先贤孩子般的争辩。

小鱼其实也在教育我，半粒米饭也能饱餐一顿。所以我在洒掉半粒米饭的时候，会捡起扔到水渠里送给小鱼。又想到，正因为尖头鲹和拉氏鲹成鱼才十厘米左右，这么小，才能够在高山小河及溪流中世世代代生活下来，不问山外的事。

这样，它们纵然生活在人工渠和鱼池，也形同野生，或者是亚野生。水是引自山上的泉水，它们平时的食物主要是泉水流动带来的微生物和摇蚊的幼虫。

种鱼是从河里捞来的。刚建起鱼池的那一段时间，我几乎天天去小河捞鱼，最好的捞鱼时间在夏天。夏天干旱，河床干枯，形成一些断续的水洼，每一个水洼都游着一群小鱼。

有一天，茶炒完了，心里很满意，想去活动一下，拿着网和水桶去到小河。天哪，小河完全干了。

阳光炽烈，隔着鞋底能感觉卵石滚烫。如果河里有鱼，也似成了石锅鱼。但是，依然有很小的水洼，搬开石头，小鱼在里面奄奄一息。网子下不去，用手捧。捧起小鱼时，它们惊醒过来，奋力弹起，掉在干热的卵石上不能动弹。我想，这一趟捕不到多少鱼，却能尽量救一些鱼回家，或许到下午，这些水洼会完全干掉。

森林中有许多酒

有一丛草下面的石头有些湿润，掀开草丛，底下有一个湿润的水洼，已经看不到水，只有密密麻麻因骤然光照而攒动的鱼头及蝌蚪，小黑洞的嘴巴和侧露的眼睛。这该有多少鱼啊，或许这一段小河的鱼和蝌蚪都汇聚到了这里。小鱼的嘴巴和蝌蚪的嘴巴，不住地鼓泡泡。

相濡以沫。这是我第一次看到真实版。大家吐着泡泡互相湿润，抗拒着水洼周边和上空的灼热。我鼻子一酸，几乎掉下泪来。河流干涸，火样的阳光定格天空，一个没水的水洼，数不清的小鱼和蝌蚪的嘴巴一齐吐泡泡。蝌蚪吐的泡泡大些，它们摇动黑胖的圆脑袋，似乎在关照更小的鱼儿。

我提着装小鱼和蝌蚪的桶回院子，将它们倒入水渠。小鱼儿和蝌蚪重回水中的一刹那，已然忘却方才的相濡以沫，爆炸般游向四方，在水中消失身影。

围困当归的蚂蚁搬家了

今年秋天的凉感陡然从天而降。一天一夜的连雨之后，我只好在短袖 T 恤外套上一件薄棉袄。上午的时候，搬一把帆布椅坐在院中晒太阳，有些暖。天上一缕浮云，白亮的阳光打在墙上。曾经想请朋友在墙上画一组墙画，另有朋友说，画得再美的彩绘，也不及两边山上的鲜花美丽。在森林中，白墙本身就是一幅画。想想也是，有自然之美，在墙上再添一笔，如同蛇足。

一低头，脚下走过一只蚂蚁，是一只工蚁。它像个猎人四处寻找目标。它的家在花坛的石缝中，每次观察花坛时，都能看见它们的身影。它应该是一只草地铺道蚁。

不经意间扭头看了一眼花坛，蚂蚁居然在我新栽的两株当归旁打出好多气孔，孔周堆积出扇形的新土粒。这样不好，周边一旦被蚂蚁打出多个气孔，植物通常会凋零。

我平时能够容忍蚂蚁，只是在挖地挖到蚁巢时，会拿铁锹，连土带白花花的蚂蚁蛋铲起，给鸡子吃。鸡子不吃蚂蚁——我估计鸡子不爱节肢动物，各种蜂和蜘蛛也不吃——但是超级喜欢蚂蚁蛋，不嫌其小，能把那锹土中的蚂蚁蛋挑吃得一粒不剩。

是否将两株当归移往别处？蚂蚁在此扩大它的巢穴，当归活不下去了。不行，边上还有一株黄花月季，院子里只有这一株黄花月季。如果让蚂蚁肆意扩张家园，也会威胁黄花月季的生命。最好请蚂蚁搬家，别在花坛里捣乱了。

能否用水淹法把蚂蚁赶走？印象中，蚂蚁不怕水淹。以前提水浇花时，水淹过蚂蚁，它们漂浮在水面游泳。蚂蚁的泳姿不好看，六根爪子在水上乱挥一气，比狗刨式的泳姿都差。待水渗入土中，它们抖落身上的水继续活动。

想了很多种方法，比如烟熏，蜂子都是怕烟的。但是，蚂蚁在土中，烟熏影响不了它们。最好的方法也许还是水淹。打定了主意，起身去提来一个水桶，拿了一只水瓢，认真做一次水淹蚂蚁的实验，看它们到底怕不怕。过去，蚂蚁在水上挣扎一气，水渗下土壤以后，它们照常生活，像太阳重新升起。如果多次水淹蚂蚁呢？

第一瓢水浇下去，蚂蚁浮在水上挣扎，但很快爬到泥土的高处，有的爬到草上。接着，围着当归连续浇水。水落泥出，有些蚂蚁开始逃窜，有些蚂蚁衔起白色的蚁蛋奔突。蚂蚁营造新巢，目的在于将蚁后生产的蚁蛋放置里面孵化。水淹之际，工蚁将自己负责的蚁蛋搬到高处。逃亡的路上，使命与责任感让工蚁将自己的生命与蚁蛋的安全联系一起，即使在水上挣扎，也不放下口中的蚁蛋。

但是，等我闲时转到花坛，蚂蚁忙忙碌碌照常生活。接下来继续浇水，蚂蚁又一阵忙乱，水照旧渗入土里。第三天下午，准备开车去山上的蛟湾拉一袋辣椒。临走时瞥了一眼花坛，看到一条黑线从花坛向东北方向的石桥斜拉过去。

蚂蚁，搬家了。

蹲下来细看浩浩荡荡的蚂蚁大军。多数蚂蚁向东北方向行进，少数由东北方向回返。这种双向的行军，乍一看不好确定它们的出发地和目标地在哪一方，直到看到向东北方向行军的队伍中有许多蚂蚁高高地托举起蚁蛋，而从东北往西南行军的蚂蚁都是徒手步行。

出去一趟，拉回五十一斤辣椒，二十斤给买茶的老客户，剩下的明天做冻辣椒。欧洲和加拿大人常吃冻菜，比较中国人传统的吃干菜，方便，营养较全面。回头再去看蚂蚁，行军队伍依旧。我蹲在那里，想看蚁后何时出现在队伍当中，或者蚁后已经先行了？稍等了一会儿，只看到路上有数个蚂蚁围猎一只小昆虫。边上有一只潮虫科的鼠妇，蚂蚁从它身边绕开，没有发起攻击。

蚂蚁搬到一米五开外的新地方生活。午夜去看，行军还在继续，但没有出现蚁蛋，大家都是空手来来往往，仍然保持一条线。接下来，早晨五点钟的时候，没有成线的行军队伍了，一些蚂蚁零零落落地继续行进，有的居然带着食物。

前后花了十多个小时，一窝蚂蚁的搬家宣告结束。由此得出结论，保护花木，不一定要消灭蚂蚁。这个地球上，怎么能没有蚂蚁呢？爱德华·威尔逊博士认为，蚂蚁才是松土冠军，蚯蚓其次。

森林中有许多酒

亨利进山记

一

接近年关的时候，亨利看见我收拾汽车，准备回城的物品，感觉我要离开它很长时间，一天比一天情绪低落、郁郁寡欢。村里的狗偶尔从门前路过，它会跳起来咆哮。

后来，武汉的疫情加重，我决定守候在神农架过年。亨利的情绪立即好转，在院子里奔跑和跳跃。

亨利就来自武汉，由吉米先生送给我。吉米先生说，要保证我有条好狗，确保我在神农架的安全。收到亨利时，我住在武昌。

奥古斯丁·亨利是第一个进入神农架考察植物的英国人，他在向英国寄回植物种子的同时，介绍了神农架及华西地区的丰富植物资源。亨利作为苏格兰边境牧羊犬，也来自大不列颠及北爱尔兰联合王国，他们是老乡。所以我在给狗狗取名的时候，毫不犹豫地选择了亨利，纪念最早进入神农架森林的奥古斯丁·亨利先生。

二

亨利小时候跟所有童年期的狗一样，天真活泼，喜欢交流，渴望友情。跟普通狗比，亨利多了一点温顺和乖巧。比如它希望跟人玩耍的时候，会保持一点距离站在人的前面，张嘴伸出舌头，眼睛含一点期盼的目光注视着人。这时候可以跟它握手，给它玩具，或者一起奔跑。

它的机警表现在超众的判断力。无论我从哪个方向迈出第一步，亨利早已跳起来，我的第二步落脚时，它已经冲到前面去。

它似乎随时都在思考一些问题。开始我以为它在静止的时候，是放空脑子呆在那里，这是对亨利的误判。它的两只眼睛时刻关注着人的动态。即便卧地闭目养神，人稍微有点动作，它也会立即睁开眼睛，随时一跃而起。

第一次带它出门，亨利亦步亦趋，不知道要到哪儿去。第二次出门的时候，电梯门一开，它就冲出去，跑到楼下东南角的月牙形草地上站着。

我们在月牙形的草地上玩耍，玩折返跑。我抬手折了一截红梅的枯枝抛到远方，亨利追过去衔住。这种枯燥无比的游戏，亨利乐此不疲。

我相信如果有一位好的教练指导，亨利可以成为优秀的狗。可惜，我在这个方面毫无专长，也缺乏耐心。后来我找到一根粗一些的木棍，扔给亨利，并表示不跟它玩。亨利叼着木棍摇头晃脑地甩一阵子，突然抛出去，又仿佛木棍会逃掉似的，跳过去双脚将木棍按住，再叼起来跳一圈。它最初的游戏就这么简单。

亨利斯文、清秀、有礼貌，小区许多人喜欢它。月牙形草地边上有一个浇花水池，水龙头有些滴漏，亨利喜欢去那里喝水。严格地说，只是舔湿一下舌头。那天一楼的阿姨拧开水龙头洗拖把，亨利过去等着喝水。阿姨看一下亨利，抬头对我说：这么好的狗狗，你怎么让它喝生水？我们家的泰迪一直喝凉白开！

天哪！亨利将要跟我去神农架森林，它将自由地在茶山上奔跑，所有的水源都是敞开的，我要喂它凉白开、矿泉水？

三

月牙形草地太小，不够亨利狂奔。我们开始出院子去湖滨公园。

亨利表现出对水的浓厚兴趣，它沿着南湖岸边一直走，对其他在草地上悠然迈步的狗丝毫不搭理。亨利看着水波，以及在水波上飞起飞落的水鸟。我感觉，亨利随时可能跳进南湖。宽阔的湖，浩瀚的湖，柳丝垂岸的湖，鹤翔鹳飞的湖，间或有一叶扁舟在水上漂泊的湖……亨利一下子坠入对水的沉迷。

一个月圆之夜，一轮巨大的白玉的月亮泊在镜面的水上，亨利忽然看呆了。它全神贯注，痴迷忘我，连翘起的白尾尖也不摆动了。世界陷入宁静，水亦凝结，月亮牢牢地凝固于水中。我担心亨利要跳下去，去捕捉水中的月亮，像李白酒醉下水捞月。可是亨利不是诗人，它既不会想"月既不解饮，影徒随我身"，也不会吟诵"白发三千丈，缘愁似个长"——亨利的额上可真的有白发呢。

站在亨利的身后，清凉的夜，无风，右边是南湖半岛，左边是建设银行的一座蓝色灯光的建筑，湖对岸灯火斑斓的地方是华中农业大学。湖心的那轮明月，如此柔媚，如此明亮。久居神农架森林，看的是天上那一轮明月：墨蓝的夜空，清凉的夜露，山影重重，月在天空时，夜鸟林中啼。好久未见水中明月了。

亨利保持它的凝视姿态，狗的专注，人类无法相比。忽然，亨利动了一下，以为它要跳湖呢，正要俯身按住它，却见亨利眼盯湖中月，爽爽地抬腿撒了一泡尿，转身向草地走去。狗子以尿为标记，此举的含义应该是"在这儿看月亮"，或者，"这个月亮是我的"。

现在的南湖，面积次于东湖和汤逊湖，为武汉第三大湖泊，被六所有名的大学华中师范大学、华中农业大学、湖北工业大学、中南民族大学、武汉理工大学、中南财经政法大学包围着。南湖被如此浓厚的文化及学术氛围浸润，亨利若长期在此生活，必将成为一只有文化的狗。只是，它要跟我去神农架森林，回归自然，恢复野性。

森林中有许多酒

四

向神农架出发的时候，亨利不知道它要从此离开南湖，去到一个荒凉与寂寞的地方。我把亨利的笼子装进车的后备厢，给它备上狗粮和水——水碟很浅，估计没跑出武汉就没水了。

春天了，出了武汉，田野里的油菜开花了，一片片的金黄。路边的垂柳萌出绿叶。一些池塘，水面上还立着枯荷，偶有沙锥在塘埂上挺着长喙走动。我想，亨利到了神农架，会喜欢上那里的自然风光。它可以在茶山上撒腿奔跑，认识各种野生动物，还能吃上有机牛肉。

我们去时正是山花烂漫的时候，野樱花、山桃花和海棠花都开了，一丛丛一簇簇地开在山梁、河边和庄稼地头。那里没有雾霾，亨利有一双多么明亮的黑眼睛，亮如黑宝石。只有神农架森林配得上这么明亮的眼睛。

到了潜江服务区，我决定休息一下，给亨利放一下风。拿了一根牵狗绳，轻轻打开笼门，将活扣挂上亨利脖子上的皮带扣，然后将它抱起。

亨利听话地钻出笼子，在我的臂弯仰头看了我一眼，突然一挣。我没有一点防备，刹那间亨利跳到地上，拖着长绳奔跑而去。我吃了一惊，弯腰去拾狗绳，没够着。亨利跑得飞快，我赶上几步抬脚去踩狗绳，也没有踩着。亨利斜向往服务区外的油菜田狂奔而去。

"狂奔"二字也许太夸张。亨利在密闭的后备厢里，待在铁丝笼内，随着汽车高速行驶颠簸摇晃、坐卧不定，发动机轰鸣和轮胎摩擦的噪音，更是让它严重不适。它从我的臂弯挣脱下地，跑得摇摇晃晃、歪歪扭扭，我不过紧跟在后跟跑快走。可是，我觉得我们两个都在狂奔，越过一道道泊车位的白线，直奔服务区建筑西部的一角。

那一刻，我终生难忘。一只小巧清秀、黑白相间的边境牧羊犬在前歪歪扭扭地跑，带点惊慌神色，一个高大壮硕的老男人嘶喊着在后面追。亨利没有在我的呼喊声中止步，没有回头，笔直往前跑。而我神态狼狈，气喘吁吁。我多么想几个箭步跨过去，一把按住亨利，可是我的两脚踏得停车场的水泥地咚咚响，似乎地球的引力在此刻加倍。

春天的风，拂着暖意拍打面颊，远处的油菜和麦子地，金黄和翠绿交错。亨利与我的距离在拉大。它已经出服务区了，拐一个弯，屋角将它的身影挡住。

拐过去，我悬着的心安定下来——亨利掉进了深沟里，正挣扎着想攀上来。它如果跑到田野去，谁也无法抓住它。我趴到地上，伸出双手将亨利抱上来，紧紧抓住它的绳子。

我想我一定会记住潜江。实际上我对潜江印象非常之深，在地质队的时候，我们的潜水泵多数为潜江制造。第一次车过潜江，看见金黄的油菜田上，错落分布的叩头机起起落落。那是江汉油田。这片水网密布、一望无垠的平原，地下储藏着石油、天然气和岩盐。作为古云梦泽的一部分，潜江年产小龙虾十万吨。此地有一道鳝鱼菜叫作二回头，至今没品尝过，也是遗憾呢。

森林中有许多酒

五

终于到达红举，我把车开进茶庄，将亨利放下来。这回亨利不跑了，它站在我的脚旁，左右看着陌生的环境。我拿一个瓷碗给亨利装上狗粮，亨利风卷残云般吃光。

我们这里，狗子不许咬人，不许咬其他的家养动物，但是要会叫，面对生人狂叫不已，叫得越响越能获得奖励。我希望亨利对那些将牛放进玫瑰园和茶园的人，叫得更响一些。

亨利吃饱喝足，在院子里一颠一颠地跑了一小圈，突然听到大哈在院子门边叫了几声，它好奇地一溜烟去了。天快黑了，树林中的鸟儿在树梢上群集而叫。

亨利跑到大哈面前，差不多间距两米。它像个满腹好奇的孩子，睁大眼睛打量大哈，轻轻扬起尾巴摇动两下，停下，又摇动两下。这是亨利第一次见到中华田园犬。

大哈看见新来的亨利，脸上表现出几许热情，轻摇了两下尾巴。但这点热情瞬间消失。它往前走了两步，吸吸鼻子，然后仰面看天。见此情景，我知道大哈内心有些失落，走过去拍拍大哈的头。大哈贴下耳朵，低头闭眼，两个前爪狠力地抓住地面。

有两个月之久了，我回城过春节，大哈孤零零守着院子，都是农友来喂它。

大哈的矜持一点没有引起亨利的反感，亨利活在自己的世界，不太关心他人的内心。它跳了跳，然后两腿前倾，身体后坐，给大哈作了一个长揖。大哈慢慢向亨利走过去，摆出高冷的姿态。

大哈跟我的时间最久了，我知道它的内心很苦闷，没有办法，放它出去就有村民来投诉。曾有一个老大妈拎着一只鸡过来，说我这样一个老人，养几个鸡子容易么？我说，我把它拴住吧。

大哈在我的面前特别温顺，被人投诉后，也表现出懊悔的神情。但它只是知错，并不改。我拿棍子打过它，打得它的眼睛冒绿光，让我想到狼，此后我再也没有打过狗。

我担心大哈趁我不在，扑咬少不更事的亨利。大哈有两副嘴脸，我在面前的时候，它一副友好矜持的样子；我走后，它就露出凶狠神色。我在城里，曾经打开手机调出监控录像，有一幕让我印象深刻：院墙外有生人路过，大哈怒叫，直至立起双脚眺望院墙外面。它能立很久。

天色晚了，我想去厨房弄吃的。

我刚脱离大哈的视线，就听到大哈对着亨利汪了一声。我转身来看，大哈低着头，盯着亨利，满脸怒火的样子；见亨利站在原地不动，又汪汪了两声。我喊了一声亨利。大哈又若无其事地轻轻走动了两步。

亨利跟我一起开始了新生活。它跟我一起的时候亦步亦趋。待我劳动的时候，亨利就守着大哈。

大哈有时候对它热情，但是看到亨利跟我一起出门，或从门外回来，它就心生嫉妒，愤愤地低吼两声；待亨利走到身边，大哈只冷漠地看一眼，再不理睬。

森林中有许多酒

第四辑

我的酒
是森林的荣耀

等发酵到酒味倾出，在桶中挖开猕猴桃酒渣，挖出一个坑，酒汁集中，浅嫩的绿色。

舀入杯子，猕猴桃果香溢出。酒力温和，柔酸柔甜。森林中的野酒，味道宜人。

森林中有许多酒

瑞士有一种梨酒。来神农架前，一个北京朋友建议，你去了之后，可以像瑞士人那样酿梨子酒，还可以卖。研究许久，我得出结论，大致德语区都酿梨子白兰地，德国和瑞典存在相同传统。在阿尔卑斯山诸山谷，凯尔特人居住的地方，梨酒和葡萄酒流芳于世。

瑞士梨酒有个特别之处，酒瓶里真的有个梨子。梨子还小的时候，套上一个玻璃酒瓶。梨子在瓶中长大，成熟时采摘，连同瓶子一起洗净晾干。另选梨子榨汁发酵，蒸馏出梨子白兰地，罐装封口。所以，每一瓶梨酒中都有一个梨子，瓶口很小，尤其独特。

我开始寻找梨树，栗树坡茶园有少许几棵，开着白的梨花。那些梨树老了，有棵大梨树枯了主干，从侧边萌发新枝。我经常去看梨树，看得满树枝丫都是失望——没结梨子。转身看茶园周边的森林，几棵红桦树上爬满猕猴桃藤，藤上结了猕猴桃。

猕猴桃也能酿酒。设计一种酒瓶将猕猴桃套入瓶中，以后装猕猴桃酒如何？这个想法一度令我兴奋。我转而每天去观察猕猴桃，心想，我是套装一粒猕猴桃呢还是一束猕猴桃？后来却发现一个问题，野生中华猕猴桃皮表被茸毛，瓶中装酒之后，茸毛脱落，会令人感觉酒中有渣。又一想，我的猕猴桃酒还没有酿制成功呢。

酿酒是一个缜密思考的过程。相信天下男人在酿酒前的思考相同，对每一个细节反复推敲，还要筛选酿酒工具。选择帝伯 304 和 316 不锈钢桶。316 不锈钢桶太贵了，只买了一个，304 不锈钢桶买了四个。又买来过滤机、榨汁机和法国燕子牌果酒曲。选了一个阳光灿烂的晴天，用山泉水洗净猕猴桃，搁簸箕里晾干，切两半，装入不锈钢发酵桶；撒上燕子牌酒曲，搁两斤太古冰糖——加冰糖可以提升酒精度。

发酵酒的时间需要一个月以上，森林中气温低，时间还要长。进入发酵期，不只是等待，这中间还能想一想酒酿好了需要什么菜，比如说要不要种点花生？种点蚕豆也不错，可以油炸兰花豆，也可以煮茴香豆。

五个发酵桶安静地摆在楼下。一段时间过后，有个深夜，楼下房间突然发出嘭嘭声。以为有人，或者动物。下楼看，什么也没有。后来夜夜如此，间断性的嘭嘭声频率增高，是鬼么？这个念头一闪现，赶快阻止，别想鬼。一个人独处森林，少想点鬼这种虚无的东西。

无法忍受，导致失眠。终于选了一个深夜，听见嘭嘭声猛冲下楼去，依然什么也没有看见。我想，我站在这里不走了，看是谁在敲打。安静，好久没有声音。跟我捣鬼的家伙仿佛在暗处密切注意我，屏声息气，看我有什么动作。

嘭嘭！忽然大乐，发酵桶上面的逆止阀排气发出声音。长长舒一口气，吓我不浅。猕猴桃在不锈钢酒桶里面发酵，产生气体，从逆止阀排气。酒还没有喝上，惊吓了好多个夜。

酒啊酒，我胆子再大，也经不起你这无故折腾。

等发酵到酒味倾出，在桶中挖开猕猴桃酒渣，挖出一个坑，酒汁集中，浅嫩的绿色。舀入杯子，猕猴桃果香溢出。酒力温和，柔酸柔甜。森林中的野酒，味道宜人。

酿酒是个坑。大肆采买各种酿酒的辅助工具，包括酒瓶子，心里感觉自己就是一个酒师。好酒的男人大抵如此吧。

拿了刀，穿上登山鞋，走入森林。这里是次生林，各样树木混乱杂生，地上盖着板栗树叶，有的地方铺着松针。密林弥漫潮湿的朽木气味，间杂花叶的清香。偶尔看到松鼠爬树，还有环颈雉扑扑飞腾。

漫无方向地走，遇坡坎向上爬。被树叶染绿的阳光射进林子，这是一个宁静又疯狂的植物世界，山杨树叶啪啪地拍打着风。一条山滑蜥顶开一片枯叶爬出来，左右打量。山滑蜥，石龙子科滑蜥属，儿时叫它四脚蛇。它的眼睛上突，背部泛金属铜的光泽，两侧列黑白相间条纹，腹部和长尾银灰色，流线型的身体光洁秀丽。

想起爱德华·威尔逊在《社会生物学》中介绍，蜥蜴在温度比较低的条件下，练习走出 T 形迷宫需要重复三百次；将温度升至野外的常温或略高于常温，蜥蜴只用练习十五次或更少就可以走出。温度的高低能够影响智商，难怪我在寒冬时节开车回武汉，老在三环上转圈找不到去武昌卓刀泉的出口，打开车内热风升温以后，找到了。

山滑蜥在枯叶和石板下面觅食昆虫，露出头来是为了探视谁又侵犯了它的领域。所以，我从来没有看见过山滑蜥捕食。

一棵大型猕猴桃攀缘在一棵椴树上，严严实实包住椴树，边上还有两棵倒地朽木。猕猴桃叶子阔大，藤条被毛，分枝发达。我认为猕猴桃不是将大树绞死，是将大树包死。当猕猴桃爬上一棵大树以后，它茂盛的叶子遮蔽树的光线，导致树木无法进行光合作用。当大树被猕猴桃包死轰然倒下，猕猴桃重新爬起，攀上另一棵大树。我有一个疑问，猕猴桃为什么要将大树包死？共存共荣不好么？

椴树也挺有意思，它的果柄上挂着两片条状苞片，像一对翅膀吊挂种子滑翔，从而让它的后代去流浪。现在这棵椴树被结满猕猴桃的枝条压得喘不过气，我感觉到它在艰难喘息。有些风踏着地上的落叶旋步走来，发出沙沙的声音。

这是一树酒呢，悬铃般垂在枝条上的猕猴桃，像一个个小酒罐。

往前走。这些树在列队欢迎我。抓住一棵排在前列的山矾树的枝条握握手，友好的树总是那么友好。我常将山矾和连蕊茶混淆，它们偏喜欢长在一块儿。看到一棵五味子爬在四照花树上，四照花树的果实还是青的，长相似荔枝。五味子藤上结了一红两青三挂五味子。这棵五味子小，得找大的。离开时，拍拍四照花树，你们都是酒。四照子和五味子一样可以酿酒。

看到一棵野李子树和五棵毛桃树结满果实，霎时间感觉桃李满山上。野李子熟果呈黄色，以前见过一棵野李子树上的果实分青黄红三种颜色，难道是法国李子？毛桃子树在河边比山上多，不稀奇。以前想用它的核做串珠。它也可以酿酒。

继续往山上走，又有山楂、金樱子和海棠陆续呈现，它们是灌木，生长在林缘。前面应该有片草甸了。走了一段路，面前果然露出一片草甸，生长着莎草科草本植物。一条弯曲的小溪边上，长着猫儿屎和三叶木通，它们的味道十分奇妙，都能酿酒。我想用猫儿屎榨汁调制威士忌，味道一定独特。

接下来，遇到野柿子、野板栗、野核桃、野梨子、橡子、俞藤、薯蓣、南蛇藤等等。南蛇藤就算了，它的种子可以提炼植物柴油。其他的果实都可以酿酒。

下山。从脑海搜索一遍，总结山上的野果种类和数量。这里可以酿酒的东西真是太多了，放眼望去，满山都是酒。村里好酒的人，种玉米酿酒，酒糟喂猪，猪粪肥地，卖猪过年，形成一条产业链。我用野果酿酒，做有机白兰地，不用租地和种植，只管收获，想想都美。

这年，我用五味子酿酒，还酿了柿子酒。因为五味子发酵桶搁在靠墙角的里面，就将它遗忘了。等我想起来时，开盖，一股带五味子味道的酒香悠然地飘出来。太雅致了，脱俗，脱俗啊。照例挖开五味子酒渣，沉淀一会儿，用酒吊子舀起酒，喝一口，它的单宁一定比葡萄酒丰富。五味子本身有五种味道，甜酸苦辣咸，已经感觉到它比我收藏的波尔多葡萄酒高几个级别了。

至今，我没有卖酒，自己喝和招待朋友。今年开封了一桶四照子酒，它的色泽与味道，在世界上也没有同类组可以对照。

我想着五味子酒，到现在未遇到过比它有趣的果酒。杀年猪的时候，村里各山头的猪叫声此起彼伏。我买一头年猪做腊肉，带去五味子酒。按规矩，杀猪时大家一起喝酒，炖一大锅新鲜排骨，爆炒里脊肉，红烧一盆五花肉，痛吃饱饮一顿，以告别一年的辛劳。看见我拿出五味子酒，农友每人争尝半杯。他们世世代代生活在森林中，五味子从童年起便是零食，没听说过五味子酿酒。

农友尝了五味子酒，惊为天味。当场有农友提议，明年他们上山摘五味子给我酿酒，不要钱，只需分一些五味子酒给他们。多好，我立即答应。

在森林里，可以玩点酒，想用什么香型的天然果实酿酒，自由采。

森林中有许多酒

神农露酒

　　我酿过许多种酒，猕猴桃酒、五味子酒、柿子酒、四照子酒和玫瑰酒。

　　果酒都好喝，最具风味的酒应该是五味子酒和四照子酒。果酒有两种喝法，发酵沉淀取出饮用，是果酒风味，酒精度低，微甜微酸，保持原果的清香；经过蒸馏成白兰地，依然含有原果清香，头酒的酒精度可达五十度上下。森林野果白兰地曾经令我兴奋，这是真正意义上的生态酒。

　　玫瑰酒有苦味，如果在制作过程中可以去掉苦味，就能够成就一款完美的玫瑰酒。玫瑰酒风味非常独特，绵和中含玫瑰悠悠的芳香。仔细分析，苦味应该源于花萼里面的物质。我将慢慢想办法解决——或许最终也无法解决。

　　进入冬天，忽然怀念天津刘鸿明先生带来的日本知多威士忌。研究了良久，发现可以仿制。

　　知多威士忌采用玉米和麦芽制作原浆酒，加蜂蜜、杞果、柠檬等辅料调制。知多威士忌的配方让我看到曙光，我有一些含花粉量过多的中蜂蜜，拿来调制酒，会有多种花果香味。高寒山区，杧果和柠檬都无法种植，但是，我有玫瑰、香薷、香菊、火棘纯露——我已经制作了十种花、果、草纯露。

藏酒里面，有三橡木桶高粱酒，朋友送我时，已经存了十五年，我又存了十年。不过，我不舍得拿它们做实验，就用神农架生态酒做基酒吧。经过一段时间的反复调试，将代替柠檬的橙子纯露去除掉，逐渐固定为用六种纯露，加上蜂蜜和四照子酒原浆配制，味道甚佳。

但是，这么配制的酒叫威士忌不合适了，从生产工艺上，它适合叫露酒，而且是神农架森林野生植物纯露调制的露酒。众多的纯露原料里面，只有玫瑰一种是我种植的，种下以后，除去割草，再无人工干预，任其天然生长。

取个名字，叫神农露酒。

神农露酒为复合香型，我喜欢哪种香味，便将哪一种花露多添加些。略怀遗憾，很喜欢山梅花纯露的味道，但几年没有做了，因为闻到它的味道就想喝，采茶的农友闻了也这么说。

终于设计出一款自己喜欢喝的酒，悄悄地将快乐藏在心里。并且决定，神农露酒不用于销售，我必须有一款只供自己消费的私人产品，我将它定义为森林的荣耀。

森林中有许多酒

红　薯

　　早晨看见很厚的霜，乒乓球桌上落了一层白。记忆中，霜连接秋天与冬天，霜降时天空大雁飞鸣。依稀记得在北京的时候，寂静的夜里听见雁鸣心生伤感，大雁飞往南方了，我还在北方流浪。可是，情感为什么这样拗呢？可能是青春搁在了南方。

　　终究割舍不下两座山，幕阜山和罗霄山，它们分别是青年和童年的坐标。我把青春的尾巴搁在了北京。北京在太行山和大青山的交会处，印象深刻的山不是香山或灵山，是平谷的东指壶峰。它是北京东部的最高峰，脚下有石长城和水波荡漾的金海湖。

　　今生今世或许只能读山和写山了，脚下的神农架是我生命中的众山之巅。

　　晚上烤红薯。今年的红薯一律个头小。大约是受到夏季干旱的影响，红举村的核桃、板栗、玉米、土豆和萝卜也都减了产。此外，我发现，红薯地里有许多鼠洞，有一片薯地，几乎每棵红薯的根部都有一个鼠洞。鼠类将大个的红薯吃了。毫无办法，老鼠从七千万年前的白垩纪就是如此生活了，它们会精准地打洞寻找到地下香甜的茎块，更能收割地面成熟的种子。想到《诗经》中的"硕鼠硕鼠，无食我黍！三岁贯女，莫我肯顾"，两千五百年前的农耕与我今天面临的景况相去不远。

烤红薯有些象征意义，它是秋天的芳香。我想制作一点零食，以备读书品茶的时候咀嚼。很久了，我尝试自己制作零食，原生态的味道宜于安抚心灵。我的烤红薯，有别于惯常的将整个生红薯放置炉中烤，而是先将红薯洗净，然后削去红薯皮，煮熟切片晒干，再放入电烤箱烤。这样的制作方法有些烦琐，根据我个人的经验，普通的食材繁制，珍稀的食材简制，必出好味道。

从赣南的番薯片，到鄂东南的苕壳子，都是一种食物。我觉得最香的是山茶油炸的番薯片，现在有点拒油，以烤为上策。鄂东南有一种薯片的制作方法，将焖熟的红薯用擀面杖擀成薄片，撒上芝麻再擀，切成菱形和三角形的小片晒干，放粗砂热锅中炒香。记忆中，只有很考究的农家制作这种芝麻红薯片，它常与炒花生混在一起，当过年时期的零食。我因为没有种植芝麻，放弃了这种加工方法。

红举村做薯条，焖熟红薯切条晒干，到此为止。每家都做一点薯条，种植的红薯主要用来喂猪。初来神农架的时候，心里一声叹息，如此优越的生态环境，种植的庄稼（还有玉米、萝卜和土豆）用来喂猪！后来释然，猪凭什么不能享受原生态食物？

我童年所在的赣南是客家文化区，翠竹、青松、山茶、清

森林中有许多酒

溪和白鹤的故乡。我在湖北大冶的新冶铜矿出生，记事时起，便在江西遂川樟木溪跟奶奶生活，并认识了红薯。

樟木溪以木饭甑蒸饭，早晨起来煮米，煮成饭花用竹捞子捞起，拌上干红薯丝放入饭甑；米汤舀去喂猪，锅里放水，坐上饭甑蒸饭。一甑蒸好三餐的饭，中餐和晚餐只需再放入锅中蒸热就行。腊肉、腊鸭和咸鱼，装碗里放进饭甑在饭上一并蒸了。在那个困难年代，人以吃纯白米饭为乐，我也是，红薯丝饭甜得发腻。童年时个子小，够不着饭甑，奶奶给我盛饭，会将红薯丝刨掉一些，还会专为我蒸一小碗米粉肉。那时候，我喜欢吃肥肉，不喜欢瘦肉，叔叔去买肉，只买肥肉。肥肉盐渍，裹上很细的米粉，晒出油来，再蒸，油汪汪，不腻人，有些腊肉的味道。回到湖北之后，再没有吃上那样的米粉肉——我的青山秀水的樟木溪。

悠然的乡村生活，释散着红薯的气息。秋天来临，挖红薯的季节到来。先割去地面上的红薯藤，背回去挂在屋檐下晒干做猪的冬天粮食，红薯藤加谷糠和碎米煮猪食的香气极令人心醉，可惜人不能吃。一垄垄的红薯，没了红薯藤遮盖，能看到红薯根部的泥土爆裂开来，裂口越大，那地下的红薯越大。

挖回红薯。洗净泥土，红薯皮现出紫红色，擦破皮处露出瓷白。新鲜的红薯沥干水，开始刨红薯丝。家家户户都备有一块长条木板上面镶嵌突起金属孔的刨子，将它一端抵着筐底，一端靠着筐沿，按住红薯往下擦，红薯丝就落到筐里，雪白，早晨放到外面的竹席上摊晒。

我是擦红薯丝的观众，很乖的时候，能够获得一个长方形的红薯心，它清甜多汁脆嫩。在乡村家家户户擦红薯丝的秋天，月朗星明，柔凉的秋风吹拂，猫头鹰在屋后的老橡子树上啼叫。

加工红薯尚有许多工艺，洗红薯丝，沉淀其水，可以获得红薯淀粉。做红薯片是一件甜蜜的事情，用扁平的刨子擦出红薯片，放入沸水锅中煮，煮熟晾晒。全部红薯片煮完，文火慢慢熬干锅中的水，最后得到的是红薯糖。红薯糖可以用来做我当时喜欢的零食：用一个方形模具，将炒熟的花生米和红薯糖拌匀拍平，冷凝切片，为花生糖；将炒米花和红薯糖拌匀拍平，冷凝切片，为米泡糖；将炒熟的芝麻和红薯糖拌匀拍平，冷凝切片，为芝麻糖；此外，还有姜糖之类，可以无限组合。

沿着悠悠的遂川江到赣江，沿赣江北下过长江到湖北，这边一律将红薯叫成红苕，或者直呼苕，并且将蠢笨也称为苕。大冶人焖红薯吃，或切成块状放入米中煮饭。大冶有两种红薯菜我也喜欢，一种采红薯叶柄，剥皮折成寸长，炒青椒；还有一种叫苕粉粑炒肉，将红薯提升到富足领域，从庶民之食的食谱中解放。

苕粉粑炒肉为大冶名菜：红薯淀粉摊饼，切成条状；炒五花肉，放入红薯粉粑混炒，再放入青蒜和辣椒合炒。这也是外婆炒给我吃的菜。是不是真大冶人，此菜是个见证。

红薯还有许多名字，河北称白薯，山东称地瓜，福建称番薯。红薯原产南美洲，旋花科，据说哥伦布从南美洲带回献给西班牙女王，福建人陈振龙于万历二十一年（1593）从菲律宾带入中国。《凤冈陈氏族谱》记载，东莞人陈益在万历十年（1582）从越南将红薯带回东莞。我去东莞拜谒过陈益墓，但是没有吃过东莞红薯。

以前有一个励志故事，说有个老人跟他的十个儿子讲，家里那块地下有黄金，兄弟十个深挖三尺也没有挖到黄金，就种上红薯，结果丰收了，大的红薯有水壶那么大。这故事不靠谱，兄弟十个人，老大和老小年龄相差会有二三十岁吧，哪会上当一齐去挖黄金？我种红薯的时候，照着农友的方法起垄，在垄中又堆入腐殖土，平整好了，在垄的两侧用树棍扎洞，将红薯藤插入，按结实土。十分简单，无须深挖。

牛

奇怪，我的心情为什么会随着两片纸薄的牛肉起伏，眼睛紧紧盯住牛肉，像要钩住牛肉不让它失落。

面食师傅给我做牛肉面，往面碗里舀牛肉的时候，连舀了三次。一次太少，只有三片牛肉。接着舀第二次，也不够多。舀第三次，却舀得比前两次都多，显然是一个"事故"。面食师傅即刻左手抖碗，右手顺势以勺背拨拉牛肉，抖过数次，勺背对称性地拨拉数次，两片欲坠的牛肉悬在碗边不落。

唉，叹息一声。时至今天还这般没有出息。很久了，为减肥割舍肉食，改成每餐一条精确限量版的秋刀鱼。为何到了面食师傅面前，眼睛死死盯住舀牛肉的勺子？事实是我喝面汤的时候，碗底有三片牛肉没有吃。到底后来将三片牛肉吃掉没有，可能是一个悬案，这时候牛肉已经不重要。

相信那三秒钟的时间，我的心与面食师傅的心展开一场轰轰烈烈的拉锯战。拨落牛肉的小勺握在面食师傅手上，我则徒然地指望运气，企图让牛肉留在碗里。我们两个人彼此知道对方的心境。这一次，意外地，面食师傅妥协了，没将牛肉拨下，损失两片牛肉，我估计至少有两钱重，大约十克。

神农架黄牛肉是我至今吃到的最香的牛肉，完美超越日本和牛，可惜一直没有受到美食界的追捧。曾在北京大董酒店吃过日本和牛肉，它的售价当时为一千元一斤。有一次大董兄说，明年一定去神农架看你。我说，大董兄来神农架，我买头牛来招待你。后来真的物色过潭远江家的牛，他家住蛟湾，妹妹在茶庄挑茶兼包装。

潭远江家有犍子牛和半大的小黄牛。村里称犍子牛的即五岁大公牛，售价一万元以上，半大的小黄牛约四千元一头。我想买头小黄牛，犍子牛贵，也吃不完。以前在深圳宝安区吃过湖南的带皮小黄牛干锅，味道十分好。

有次在北京永安里吃台塑牛排，印象深刻。台塑即台湾王永庆的公司，经理请我们品台塑牛排时介绍，这是王永庆三姨太的私房菜，选六至八对肋骨，经七十二种香料腌制，炖烤而成；一头牛只能供六个客人食用，故而很贵。

吃过一道清真牛排，也爽。在北京东郊与香河之间，有一座全玻璃建筑，里面种着一色的热带植物，包括高大的椰子树，还有杧果、菠萝蜜。坐在鱼尾葵簇拥的卡座吃牛排，似乎从冬天一下子回到夏天。那道牛排相当好，却被热带植物的印象掩盖。

神农架黄牛属于中国南方巴山黄牛，为典型山区黄牛品种，役肉两用。特别能爬坡，耕地有力气。神农架的农耕文化有牛崇拜的因子，牛是古代山民的图腾。传说中神农氏为牛首人身，这个形象说明牛与人在农耕生活中的合力。有一些村落，山民不拴牛的鼻子，他们揪耳朵牵牛，这是爱牛的表征。

相较于山外，神农架的春天从暮春开始，江汉平原的桃树挂果了，森林中的山桃花和野樱花始盛开。山里的田地分小块呈现，崖上、路边、河畔和屋前，不规则的三角形和弯月形，田头地角也有红桃花白李花簇簇，在春风里散发淡淡的甜香。这个时候，农家开始系上公黄牛耕地，牛脖子拴的铃铛叮叮当当响个不停。山民耕地时，母牛和小牛在边上陪着，小牛偶尔伴着耕牛走。

现在养牛的人家少了，在密集居住区养牛易引起公愤，不留神牛会蹿到他人的地里吃庄稼。即使收过庄稼的土地，牛密集走过，土壤被踩结，也是令人生气的。那些没有养牛的人家，请养牛的人给耕地，付钱或折成工时以后换工。牛也有待遇，请牛耕地的雇主，得支付一捆草作为牛的午餐，现在折算黄豆或玉米支付，以表达对牛的尊重。

我小时候不吃牛肉，却特别羡慕小伙伴放学后去放牛，跑回家跟奶奶说，我也要去放牛。奶奶不许我放牛，她老人家一直喜欢我读书，其他什么事情都不让我干，即使我干得好也不表扬。有时让我讲书里面的故事给她听。然后，她就给我讲鬼，河里、树上和阁楼，都有鬼。吓得我一个人不敢去那些地方。我对牛有挥之不去的情结，每次走进村庄的时候，闻到淡淡的飘浮于暮色的牛粪的芳香，尤感亲切。少年时订过一本《黄牛杂志》，依稀记得里面讲秦川黄牛、南阳黄牛、鲁西黄牛。多少年后，去陕西杨陵的西北农业大学，跟接待的老师讲我订过

森林中有许多酒

《黄牛杂志》。那老师说，他爱人就是《黄牛杂志》的编辑。感觉世界真的好小，也亲切。

耕过地了，牛一律闲着。主人将它们赶到高山上去，牛将在高山度过夏天和秋天。佩铃叮当，牛走过密林，来到高山草甸。绿草茵茵，花团锦簇，白雾袅袅升腾，一条清溪弯弯流淌。牛在阳光照耀的草地上吃草。牛亦喜欢群居，村民若干户合伙将牛放在一块儿，当牛淘气地翻山而走时，大家分头去找。

野放牛会有损失，坠崖，或者被猛兽攻击。村里宋会计的一头牛，春天放到山上，夏天去看时，只有一个牛头搁在绿草地上，白花花的牛头骨，显现森林生存的残酷。从前，还会有老虎来吃牛。一个村民告诉我，过去老虎多，牛被老虎吃得厉害时，大家想出一个办法，从江汉平原买回一头水牛，让水牛和黄牛一起生活，老虎再没来攻击牛。他说老虎不认识水牛，这个身躯庞大、黑乎乎的怪物，让老虎退却。森林中，从来没有水牛。因此，老虎见到水牛生畏而走。

村民告知，我居所边的山上，约四十年前，有两只老虎住在上面。笔陡的悬崖上，生长一片常绿阔叶林，我相信老虎喜欢藏身常绿阔叶林。有些年份，放养在高山上的牛也会增加，大牛在高山草甸生活时，产生了爱情，生下小牛崽。

好几家的牛生活在一起，谁家的大牛生下的小牛，没有人能够确认。他们采取一个方法，将小牛留在一个地方，让母牛分几个方向走；走出一段距离，放开小牛让它去追，追上谁家的母牛，小牛就是谁家的。这个方法已经是铁打的规则，从来没有争议。

我有时请人用牛耕地，有时自己用微耕机耕地。现在地里种上了玫瑰，牛和微耕机都发挥不了作用，计划养一些鹅和鸡子代替人工锄草。纵然喜欢牛，却没有想过养牛。很想养两匹马，枣红色的马，闲时骑上马在乡村马路溜达一圈。南方的马不能耕地，马耕地是在北方。我在辽宁新民见过用马犁水稻田，三匹马拉一张犁，光洁的枣红马身上沾满泥浆，有焚琴煮鹤之感。

　　我想养马应该是受到海子诗的影响。他写道："从明天起，做一个幸福的人，喂马，劈柴，周游世界。"为海子的早逝心痛。诗意的生存，牛也喜欢。

酱煸重阳菌

重阳节又到了，飞机快到神农架的时候，我从天上看神山秋色：云海起伏，浩瀚无垠的雪浪泊向云尽头的蓝天。地球被云覆盖，山群没有踪影，只有洁白的云朵。飞机的引擎声均匀平和，机翼像要熨平云海，轻轻碾云向前推进。

直到机身重重地震动了一下，发现已从云端降落到坚硬的地球。徐徐滑行一阵，停住，又回到了这片熟悉的土地。出机舱，长吸一口气，新鲜清凉，身边有旅客大呼好冷，驻足加衣。

乘车回红举村，拐过三道弯，蓦然发现，山坡上槭科树木的叶子都红了，鲜亮的红。车再向下开，路两旁的神农香菊也开花了，金灿灿的一片。今年的秋色来得真早，往年都要到十月中下旬，现在十月初就呈现了真正的秋天。

路上看到有农友在清理重阳菌。重阳菌好吃，是我喜欢的一种菇类，回去要采一些。山上的朽木每到重阳节前后，都会长出许多重阳菌，可惜它没有什么市场，或者农友没有找到它的市场，很少有人专门去采摘它。

沿着一路秋色回到茶庄，普金大声地叫，亨利跑到门前默默地看着我，没出声。以前，大哈也会跳起来大叫，现在没有了大哈，心中有点失落，只剩我们三条汉子了。

去山上采回一些重阳菌。重阳菌，湖南人叫它寒菌。我研究过许多种做法。新鲜的重阳菌，略捏碎一点，有碎有整，锅里放山茶油，冷油放菌，随着油温升高，不停地搅动，感觉油温高到要煎炸重阳菌的时候，关小火炼，直到升腾起浓郁的菌味，关火。煮米粉，煮到烂，连重阳菌和油一起浇到米粉上，搅拌而食之——菌油香，菌子滑嫩，美。

鲜美的物质不可以长久保存，一直在考虑要不要买一台零下一百度的超低温冰柜，速冻可以将新鲜的物质持久保存，解冻后新鲜如初。现在，只能用烘干机烘干。尤其是鲜嫩的玫瑰花蕾，送进烘干机时会心疼。虽然用的是红外线烘干机，定温五十度，但依然是烘干。为了制茶，我采购了各种烘干机。

我还保存了许多干重阳菌。一天黄昏，席大中背着一小袋重阳菌来，说送点野菌子给我尝尝。他是一个肯干活的人，特别会种天麻。刚好没有什么菜，就炒重阳菌吃吧。隔天，席大中路过，问我重阳菌好不好吃？我说，好吃。他说他还有，要不要送来？我说，送。然后，席大中送了一三轮车重阳菌来。

我的天！这么多重阳菌怎么处理？不能天天吃重阳菌吧？席大中说，你用机器烘干。因为没有什么人买，重阳菌白菜价，就这么收了一车重阳菌。

我将那一车重阳菌烘干，用各种烹饪方式烹饪，最后锁定了酱焖重阳菌。泡发干重阳菌，清洗干净，捏去大部分水，烧热油放入重阳菌，文火干煸，煸去六成水分时，淋入自酿酱油，继续煸掉一成水分，起锅。这道菜菌香酱香共生，耐嚼又好嚼。我在喝法国葡萄酒时，喜欢做这道菜。

酱煸重阳菌，吃过的人不多。在我的保留菜目中，它是唯一彰显酱香的菜。如今我的菜目，每一道只彰显一种味道。酱香算是陈香了，符合秋天这个季节——秋天有陈香。

鱼子捞饭

雪细细密密地下，天地大白。今天继续做鱼子捞饭。

在神农架，山民普遍种植玉米和土豆，他们叫苞谷和洋芋。苞谷糁，是山民常规主食。大米饭在我来之前已经普及，这不妨碍他们对苞谷的记忆，时常说要熬苞谷糁吃。苞谷还有一种吃法，以苞谷粉发酵做成饼，里面可以加入其他食材。

苞谷糁，看上去金灿灿的，十分美。我每天要煮一电饭煲苞谷糁饭，狗子、鸡子和鹅都喜欢吃。狗子爱配上骨头和猪油，鸡子爱配上菜叶，鹅无所谓。看它们吃得香，我也想尝一口。动物平等，大家一起吃苞谷糁。

我有私心。从电饭煲挖出一团苞谷糁饭，分给狗、鸡、鹅吃。然后，开始设计我的这一份如何制作。我开小灶，狗、鸡、鹅是否会有意见？想想，只有狗子会想不开，鸡子和鹅应该没有想法。狗子最喜欢吃着盆里，盯着别人的碗里，这种心态由来已久。鸡子吃什么都可以，但它们喜欢我将食物埋藏在割来的鲜草底下，吃吃草叶，拿爪子扒开草寻觅底下的苞谷糁。鹅全素食，纯苞谷糁就很好。

将当归切碎，搅在土鸡蛋里面，油煎。我喜欢这个味道。耗儿鱼切成肉末，墨鱼切成小丁，火腿切片，加上两粒江珧柱，放锅里注水煮汤，汤浓时放入苞谷糁饭。新城山药去皮切片，青蒜苗切段，姜切丝，放入锅中。煮若干时间，放入重庆忠洲腐乳、剁椒和甜面酱，搅匀再煮，各种味道融合。淋上洞藏柿子醋和土蜂蜜，搅动后起锅。

苞谷糁饭煮成苞谷糁粥了，但我觉得叫饭贴切一些。这种苞谷糁饭特别像鱼子，就取名叫鱼子捞饭。特别喜欢鱼子满嘴跑沙的感觉，吃苞谷糁饭有真正吃鱼子的感受。

鱼子捞饭做成功，煮金梗茶，它是我研发的，有国家发明专利。然后，炸一盘丝瓜花，它是香酥之物。鲜香酸辣甜，还有微微的腐乳臭香，饱满的苞谷糁饭呈鱼子状，满满的鱼子味。

这个冬天，我和狗、鸡、鹅一起吃苞谷糁。我有时也把我的鱼子捞饭给鸡子吃一点，给狗狗吃一点，看得出它们也喜欢，可惜它们都没有吃过鱼子，没有比较。

我吃鱼子捞饭，常常忘记吃菜，可想而知，它的味道特别棒。希望有那么一天，鱼子捞饭可以传播开去，成为一款名吃，这是一个资深吃货的心愿。没有哪一条法律禁止将苞谷糁做成一款名吃。

蒲芽鲫鱼羹

几次朋友进山，我去钓鱼，大鱼池里鲫鱼虽多，却仿佛集体约定了绝不上钩。客人走后，每钓必上。有一次，我想看看到底有多少鲫鱼肯上钩，不到一小时，钓上五条大鲫鱼。

做一款天下名菜待客有多难？难在鲫鱼不上钩。

造院子围墙的时候，我将屋檐下的水沟扩宽挖深各一米，水泥打底，砖石砌岸，再铺沙土和乱石，连通东西两个鱼池。东边小鱼池地势高，引入山泉水，水从排水口入水渠，进西边大鱼池。

从小河里捞来小鱼苗，又买来各类鱼苗蟹种，放入小娃娃鱼，一时间鱼穿梭，蟹横走，娃娃鱼呆萌，原来空荡荡的水渠充满生机。寻思水渠里应该种点什么，成年鱼繁殖产卵，小鱼苗藏身，都需要一些植物作屏障。于是，种了芦苇、香蒲、睡莲、莼菜和葛仙米。小小院落，呈现江南水乡景色。

对莼菜寄予厚望。选的是利川高山莼菜，生境相同。希望在做肉汤或排骨汤时，随手从水渠采一把莼菜放入汤里。这个梦想被鱼打破，它们常将嫩叶吃掉。葛仙米则逃得无影无踪。

芦苇、香蒲和睡莲生长茂盛，水渠像它们的故乡。芦苇长到两米多高，茂密且壮硕，这是来自上海的品种。睡莲花开，令人惊艳不已。夏天的时候，开门见花，朦胧的晨光中，娇嫩的花瓣含露，莫奈《睡莲》的现实版。

四月的红举，河畔的桃花、山梁上的樱花盛开，一团团的粉红，一簇簇的洁白，像彩霞，似云朵。山间的人家鸡鸣犬吠，炊烟袅袅，悬浮的山雾承托温馨阳光。冬去春来，香蒲抽出白嫩的新芽，少量越冬蒲芽泛绿。我从屋后一条水沟挖回一株香蒲苗，眼见它扩张。香蒲长满门前二十多米长的水渠，且在茶山的水塘、玫瑰园的湿地现身。

在一个阳光灿烂的下午，我决定采些蒲芽做菜。春天的确是一个蔬菜贫乏的季节，这时候处于播种期。

蒲根类似竹根，横生水底。蒲芽从根节萌发，与茶山上水竹笋相同，叫它蒲笋也合适。剥去表层的壳，蒲芽肥硕洁白脆嫩，出污泥而不染——这种赞美有些不妥，是污泥养育了它。

作为一个资深吃货，此前一直没有采食蒲芽。怎么可以有好食材搁在眼皮底下而不动手呢？以前，我以为它是菖蒲，菖蒲属于天南星科，有毒。有一年，涂江丽律师来神农架，认出是香蒲，告诉我可以采蒲黄。蒲黄，香蒲的花粉。香蒲花像烛挺立，有地方称水蜡烛，村里人叫毛蜡烛。涂江丽律师开有中医馆，师从一位名中医。

知道天下名菜就在门口，心里喜欢。多年前，在南京凤凰台酒店吃到蒲芽。金色的鸡汤，白玉的蒲芽，上菜之际，东道主说，蒲芽鸡汤，淮扬名菜。心里暗想，是一道黄金白玉汤。哪想到随意一种，居然种出了香蒲，它长我梦想的蒲芽。一直想将过去游走中国时吃过的天下名菜，在红举种出来。

蒲芽有了，怎么烹饪呢？养的鸡子舍不得杀。钓一条鲫鱼做蒲芽鲫鱼羹吧。鱼池里养的鱼，以前也舍不得吃，蒋文涛来钓鱼说，鱼的密度太大了，必须吃掉一些。这才安心钓鱼吃了。

人对养的动物都会生出感情。开始规划鱼池的时候，设计了一个钓鱼的位置，在二楼的露台上。坐在那里，摆上茶桌、茶点和图书，喝茶看书，累了，伸出一支渔竿，钓一条鱼上来做菜。谁知鱼养久了，不舍得吃了。还有朋友劝我不要钓鱼，因为钩住鱼嘴鱼会很疼。

钓上一条足有半斤重的鲫鱼，收拾好，略煎，投入蒲芽翻炒一下，注水，盖上锅盖。汤沸些时，放葱花、盐，土豆淀粉勾芡，接续翻动一下，蒲芽鲫鱼羹做成。

十分鲜美。可以肯定，过去品尝过的所有鲫鱼汤和鲫鱼羹，都可以从记忆中清零。没有什么鲜美过蒲芽鲫鱼羹了。此前，我创纪录的鲫鱼羹制作，诞生于我在地质队的时候。到幕阜山勘探的那一个夏天，同事去钓鱼，钓回许多鲫鱼，很小，叫瓜子鲫鱼，简称鲫瓜子。此鱼如何吃？太多小刺了。我用电炉炖，八个小时，鱼肉全部炖化，然后拆开一个纱布口罩，滤掉鱼刺。浓稠的鲫鱼羹，真正鲜美。

这是山泉水养育的蒲芽和鲫鱼——应该注上一笔，鱼池旁围种月季花，花瓣落水，鱼儿追食，这一池鱼堪称泉水花瓣鱼。但功在蒲芽，之前在神农架的日子，鲫鱼也没有少吃。

森林中有许多酒

蒲芽鲫鱼羹，一款道地的水乡菜。住在神农架高山吃水乡菜，能解乡思。然而仔细一想，神农架又何尝不是水乡呢？西有大龙湖，东有武山湖，北有龙湖，南有香溪河，加上网状分布的野马河、宋洛河、东溪河等诸多四通八达的河流。还有许多鱼泉，春天，鱼随泉水涌出。

　　原来准备将茶山水塘和玫瑰园湿地的香蒲挖掉，改种水稻。品过蒲芽鲫鱼羹之后，心里认为，将香蒲挖掉才是可惜。

年 猪

　　进入腊月，杀年猪的农友纷纷忙碌起来，有人家的山上都陆续响起猪的尖叫声。年年复年年，唯有腊月这段时间，令人产生岁月静好的感觉。电视上可能会播报美国的航母战斗群又游到太平洋的某处，或某国又试射了洲际导弹，但这都是一些鸡毛蒜皮的事情，杀年猪才是山村生活的一大庆典。

　　杀年猪的农户，早晨起来用石头在户外垒起一个简易灶，架起大铁锅，往里面注满山泉水，搬来朽木和树根燃起火，有的人家则用铁皮炉子，总之很远就看到柴烟袅袅、雾气腾腾。亲戚或邻友七八个，坐在晒场上沐浴腊月暖融融的阳光。他们吸着纸烟，喝着绿茶，聊着种天麻的事情。今年的天麻跟往年又不一样，种在阴坡的有收获，种在阳坡的又败了。

　　往年，我去买一头农友的猪，在农友杀年猪时一起杀了，回来做腊肉。所以我也和农友一块儿喝酒。酒桌上，火锅炖着新鲜的猪排骨、猪肉，热气腾腾的一桌。苞谷酒用装汽油的那种大塑料桶装。主人照例围转给各位客人斟酒，劝人多吃肉，多喝酒。现在村里与时俱进了，用一次性塑料杯装酒。在山里，人们认为这是与城市文明相同的进步。

这两年买的猪，生活在蛇草坪的高山草甸。那里森林环绕，绿草茵茵，蒲公英的黄花、鼠尾草的蓝花、蝇子草的白花……五彩缤纷。溪流清清，流过花繁叶茂的草地。猪在草地上迈步，啃食阳光下的嫩草，惊起蜂蝶飞舞。我没有上蛇草坪去喝酒，因为那里在腊月之前已经积雪为冰，很难开车在一车宽的山路行驶。

在冬天怀想夏天，不只是因为气温寒冷而追忆热烈的阳光，夏天真正是一个生长的季节。神农架的气候，春天好短。红举茶园"五一"开采，代表春天的到来。四月底，盛开的桃花、李花和樱花漫山遍野，可以算为早春，每年这时间还会有一场雪、几场霜。进入五月立夏，这里还是采茶的春天。因此，我对茶友问有没有明前茶感到很困惑，难道山外人都不知道北纬31度、海拔1200米以上的高山上，春天铁定姗姗来迟么？夏天，正是神农架生长旺盛的季节。

每年做一头猪的腊肉，缘于对市场的腊肉没有信心。前些年，还做腊肠。做腊肠好累，且冷，现在不再做了。真正的土猪腊肠，也是无可比拟的。往年，我将腊肉挂在屋檐下面晒，引来大群的黄腹山雀啄食，它们喜欢吃肥肉。黄腹山雀真是厉害，放鞭炮也炸不走它们。我用弓箭射，把腊肉射了个洞，一只黄腹山雀也没射着。今年将腊肉挂在玻璃阳光房里面晒，黄腹山雀在玻璃墙外转个圈飞走了，很失望的样子。

有个老鹰标本就好了，小鸟一律怕老鹰。其实，不是因为腊肉腊肠，我一点也不愿意吓走小鸟，它们春天和夏天都帮我捉虫子。现在，院子里面和外面，领雀嘴鹎和画眉最多，它们吃蔷薇与火棘的果子。森林中，很多野生植物的种子必须由鸟儿吃了拉出来，才能够发芽生长，鸟把种子的蜡质层消化掉了。鸟类，也是森林的播种者。

杀过年猪，离年已经不远，周而复始的季节，时间还是往前。想起小时候过年，奶奶会给我买一挂鞭炮，一百响的。很节约地放，一天放两三个，最后总有几个装在口袋里被揉散了泥和火药，引子也掉了，很可惜。现在似乎不再珍惜什么，对鞭炮也少了兴趣。

冬天的森林宁静到好像能听见星星讲话。现在我不像从前那样怕"鬼"了。夜里，常常有小动物在山梁上走动，多半是麂子，有时候是野猪。狗子对它们狂吠不止，用强光手电筒照，偶尔能看到幽幽亮的眼睛。那不是鬼，纵然幽幽发亮的眼睛在山上晃动，不，悠然地飘来飘去。我不再像初来的时候头皮发紧。

其实，做腊肉是个习惯。为了减肥，我减少了猪肉食用，改吃高山黄牛肉和秋刀鱼，虽然有时候很想猪肉。最后，我会将大多数腊肉一部分送茶友，一部分卖掉。

新的一年，村里人会养更多的猪。在森林深处的山乡，养猪可得一笔收入。但养猪很累，每天得有人割猪草。

森林中有许多酒